suhrkamp taschenbuch 679

Peter Handke, 1942 in Griffen (Kärnten) geboren, lebt heute in Österreich. 1973 wurde er mit dem Büchner-Preis ausgezeichnet, 1979 erhielt er den Franz-Kafka-Preis.

Wie die beiden Bände *Ich bin ein Bewohner des Elfenbeinturms* (st 56) und *Als das Wünschen noch geholfen hat* (st 208) zeigen, umfaßt das Werk Peter Handkes von Anfang an eine intensive Auseinandersetzung mit den Werken anderer Schriftsteller, mit Filmen, bestimmten politischen Ereignissen. Diese Beschäftigung geht, auch in den hier versammelten Texten, nicht von einem vorgegebenen, feststehenden System aus, in das die einzelnen Personen, Filme oder Bücher bruchlos eingegliedert werden; Handke widmet sich vielmehr der Beschreibung des Einzelnen und seines Werkes – sei es ein Bild von Peter Pongratz, ein Film von Jean-Luc Godard oder das Werk von Patricia Highsmith –, um dem Leser dessen Besonderheit aufzuschließen. Der vorliegende Band umfaßt Gedichte, Essays und Prosatexte, die zwischen 1966 und 1980 entstanden. Der Leser, der zu dem Einlassen auf das Einzelne ein »Weltbild« des Autors konstruieren zu müssen glaubt, sei auf eine Äußerung Handkes in seiner Rede über Franz Kafka verwiesen: »Und freilich komme ich, Schreibender, in meinem Pflichtbewußtsein, den willigen Lesern, dem ›Volk der Leser‹ (das auch ich so sehr will), von der verborgenen, immer wieder sich verbergenden, der menschenmöglichen, der guten Welt zu erzählen, mir manchmal als eine tragikomische oder bloß lächerliche Figur vor – aber die flüchtigen Augenblicke eines ja als Gesetz erfahrenen ANDEREN Lebens zu einem sanft nachdrücklichen Seins-Entwurf ineinanderzuphantasieren, das allein ist es, was mir inzwischen als nothelferische, als die notwendige, Literatur vorschwebt.«

Peter Handke

Das Ende des Flanierens

Suhrkamp

suhrkamp taschenbuch 679
Zweite Auflage, 16.–25. Tausend 1982

Drucknachweise am Ende des Bandes

Satz: Mühlberger, Augsburg
Druck: Ebner Ulm
Printed in Germany
Umschlag nach Entwürfen von
Willy Fleckhaus und Rolf Staudt

Die Texte in diesem Buch sind Gelegenheitsarbeiten. Aber ich kann für die Worte einstehen und vertraue darauf, daß eine Sache die andere gibt.

P. H.

Métro Balard-Charenton

Bei Sonnenuntergang stieg ich ein
an Motte-Piquet-Grenelle
An Bonne Nouvelle hörte ich auf
das pariscop zu durchblättern
An der Station Filles du Calvaire
war der Flüssigkeitsautomat leer
An Daumesnil waren in einer Vitrine Schuhe ausgestellt
Vor der Porte Dorée sah ich noch Licht
durch einen Schacht kommen
In Charenton-Ecoles
– Mündung der Marne in die Seine –
war es schon Nacht
Im hellen Westen irgendwo
spielte *Young Mr. Lincoln*

Der Maler Peter Pongratz

1

Manchmal hat man von jemandem noch nichts gehört, den man kennenlernt. Von Peter Pongratz hatte ich schon gehört, bevor ich ihn kennenlernte. Ich sah ein Photo von ihm in einer Studentenzeitung, und seine selbstverfaßte Biographie dazu war recht anregend. Er war in verschiedenen Berufen und beim Bundesheer tätig, seine Größe war, glaube ich, 185, er trug eine Brille. Es war in der Zeitung auch ein Werk von ihm, aber ich kann mich an keinen Eindruck erinnern.
Dann sprach jemand von ihm, der einen Maler kannte, der Peter Pongratz kannte und viel von ihm hielt, weswegen auch der, der den Maler kannte, viel auf Peter Pongratz hielt. Ich weiß nicht, wie ich ihn dann kennenlernte, es muß wohl bei einer kulturellen Veranstaltung des Forum Stadtpark gewesen sein. An meinen ersten Eindruck kann ich mich nicht erinnern, zwei, die Brillen tragen, können einander meist auf den ersten Blick nicht so sehr leiden. Kurz, wir sahen einander dann oft genug, manchmal hatte er die Haare länger, dann wieder kürzer. Er trug auch eine Lederkappe, wie die ersten Autokavaliere, auf manchen Bildern ist er damit zu sehen.
Wie kommt man mit jemandem zum Reden? Oft ist es so, daß man mit drei Leuten dasitzt, und dann geht einer weg, und es ist peinlich, wenn man dann nichts sagt. Ich habe damals im Forumkeller meinen Roman (»Die Hornissen«) abgetippt, und Peter Pongratz hat im Forum gearbeitet, Lithos gedruckt. Der erste Satz von ihm,

an den ich mich erinnere, handelt von den Alpenbewohnern. Er bemerkte, in den Alpenbewohnern stecke etwas Heidnisches. An mehr erinnere ich mich nicht. Es war damals kurz vor Weihnachten.

Richtig ins Gespräch miteinander sind wir erst gekommen, als wir Unsinn redeten. Das war in Innsbruck, noch dazu im Mai, Herr Dr. Breicha, der diese Geschichte über Peter Pongratz angeregt hat, war auch dabei, es fand ein kulturelles Treffen statt. Noch vor Innsbruck war etwas geschehen, Peter Pongratz hatte sich in der Bürgergasse in Graz totschießen lassen. Ich weiß noch genau, daß es am 12. März war, ungefähr um Mitternacht. Er war der erste in Graz, der sich totschießen ließ. Ich glaube, er sagte damals, er würde jetzt die Straße hinunterlaufen, und jemand sollte mit einer MP hinter ihm herfeuern. Er lief also hinunter, der Schauspieler Ulrich Hass legte an, und die Kugeln rissen Peter Pongratz mitten im Laufen sehenswert nach hinten, besser als in japanischen Filmen. Es war elementar.

In Innsbruck, bei einer ähnlichen Geschichte, erschoß er dann einen andern, aber die Polizei schritt ein. In Innsbruck haben wir dann richtig miteinander geredet, auch über Malerei. Er hat sich ein Buch von dem Alpenmaler Joseph Anton Koch gekauft, ich habe mir einen Ullstein-Krimi von Raymond Chandler gekauft und ihm von dem Privatdetektiv Philip Marlowe erzählt, der ein ganzer Mann ist und ein einfacher und doch ungewöhnlicher. Er ist einsam, und es ist sein Stolz, daß man auf seinen Stolz Rücksicht nimmt. Er ist so hellwach, daß es fast erschreckend wirkt. Aber das gehört zu ihm, weil er zu der Welt gehört, in der er lebt. Wenn es mehr solcher Männer gäbe, würde es ungefährlich sein, in dieser Welt

zu leben, und doch nicht so langweilig, daß man nicht in ihr leben möchte.
So sah der Autor jedenfalls seinen Helden. Wir redeten über Marlowe und hatten etwas zu reden. Wir waren dort auch in dem Wildwestfilm »Comancheros«.
Ich bemerkte, daß Peter Pongratz zwar recht rüde ist, doch auch außerordentlich höflich. Der Welt steht er unbefangen und ziemlich naiv gegenüber. Wenn er meint, Zusammenhänge zwischen Gegenständen erkannt zu haben, erzählt er ziemlich ernst und stolz davon. Zum Beispiel erkennt er immer mehr, was es mit den Frauen als Gattung auf sich hat. Seine Gedanken sind eher irrational, unvernünftig, aber man weiß, daß sie seine Wahrheit sind. Obwohl ungeordnet, bilden sie, wenn man sich mit ihnen beschäftigt, eine komplizierte Ordnung, jedenfalls eine kompliziertere und reizvollere als einen logischen Satz oder ein geometrisch übersichtliches Bild. Ihm scheint nichts rechtwinklig oder gerade zu sein. Mag andern die Welt klar und zu Linien abstrahierbar vorkommen, seine Welt ist wirr, überschneidet sich in den Bestandteilen, hat mit der »Wirklichkeit« nichts zu tun, zeigt viel mehr die eigene Wirklichkeit. Was er malt, ist nicht die Wirklichkeit, sondern die Wirkung dieser Wirklichkeit in ihm. Er ist, glaube ich, davon überzeugt, daß seine Arbeiten Bilder von *seiner* Wirklichkeit sind, also wahre Bilder. Deswegen ist er seiner Sache sicher, urteilt über fremde Arbeiten auch recht radikal, findet grundsätzlich alle Bilder schlecht, die ihn nicht an *sein* Bild von der Welt erinnern. Er erkennt sich im Unüberschaubaren, im Verschlungenen, im Kontrast starker und zarter Linien, im Nichtkomponierten, im »Irren«.

Damals in Innsbruck hat er mir auch zum ersten Mal von seiner Neigung zur Malerei der Schizophrenen erzählt. Es ist wohl das überraschende Ausgleiten des auf den ersten Blick scheinbar logischen Bewußtseins, das ihn so anzieht. Eine Ordnung wird vorgetäuscht, die sich plötzlich durch eine Linie verirrt. An einem Bild, das scheinbar die Wirklichkeit wiedergibt, ohne Änderung, ist plötzlich ein Haken, der die richtige Wirklichkeit, die des einzelnen, des Kranken, zeigt. Dieser Haken ist eine irreale Farbe oder eine irreale Linie oder eine irreale Anordnung real abgebildeter Gegenstände. Wie der Schizophrene nicht Bilder von der Wirklichkeit, sondern von sich zeichnet, so gibt auch Peter Pongratz Bilder von seinem Bewußtsein. Mit dem Unterschied, daß er sie geben *will.* Was er zeichnet, ist zwar gegenständlich, aber *sein* Gegenstand ist das Bewußtsein von den Gegenständen. Er malt Eindrücke und nicht den Gegenstand, der den Eindruck in ihm bewirkt. Er ist wohl recht leicht zu beeindrucken. Freilich kommt es auf die Reizstärke des Gegenstands an. Er malt, was er gerne hat oder auch gar nicht gern hat. Die meisten Gegenstände reizen ihn wohl nicht. Die Sängerin und Schauspielerin Julie London schätzt er und hat sie öfter gezeichnet. Ich hoffe, er mag auch die Beatles noch so wie damals, als wir uns zuletzt sahen (wir wohnen jetzt zu weit auseinander). Er wollte sich auch die Haare lang wachsen lassen, aber sie kräuseln sich zu sehr, wie er mir sagte. Er mag Märchen, mag wohl überhaupt alles, was es eigentlich nicht geben *kann.* Er hat mir damals den Film über die Brüder Grimm empfohlen. Auch das Buch »Alice im Wunderland« hat er mir geliehen. Seine Thematik ist sehr von der reproduzierten sekundären

Welt der Literatur, des Films, der älteren Malerei beeinflußt.
Wir sind dann in Graz auch einige Male gemeinsam ins Kino gegangen, und wir konnten sehr gut miteinander reden, glaube ich, obwohl kaum etwas dabei herausgekommen ist. Er ging auch eine Zeitlang mit Arm- und Schulterbewegungen wie James Bond herum. Sooft er Geld bekam, kaufte er sich zum Beispiel Socken und Anzüge. Auf einem Photo ist er mit dem berühmten fast knielangen Rock zu sehen, er ist ziemlich modebewußt, trägt nur englische Schuhe mit sehr runden Kappen, was in einer Rauferei nicht sehr nützlich ist, aber mit sehr hartem Leder, was den Nachteil wieder ausgleicht.
Was mir noch einfällt: Er ist fasziniert von der Grausamkeit, mag aber selber nichts damit zu tun haben. Er ist verrückt nach der *möglichen* Grausamkeit, schrickt aber vor der *wirklichen* zurück: Er freut sich bei grausamen Szenen in Wildwestfilmen wie ein Kind, *erfindet* auch die grausamsten Geschichten, bis man sie grausamer gar nicht *denken* kann. Das zeigt, wie sehr er mit den Möglichkeiten der Wirklichkeit spielen kann, wie gern er das tut: spielen. Und indem er mit den äußersten Möglichkeiten spielt und sich daran freut, überspielt er diese auch, überspielt die sogenannte wirkliche Grausamkeit.
Ehrlich gesagt ist es ein Unsinn, daß ich Peter Pongratz erkläre. Soweit ich das tue – ich habe das gerade bemerkt –, erkläre ich nur das, was auch auf mich selber zutreffen könnte, und alles andere ist mir fremd. Über Äußerlichkeiten kann ich schreiben, das andere ist nicht wirklich er, sondern mein Eindruck von ihm, soweit ich mich selber kenne.
Zum Spaß habe ich ihn einmal gefragt, ob er eigentlich

Bilder male. Er hat das mißverstanden und geglaubt, ich fragte ihn, *warum* er male. Er war ganz schön zornig, die Frage, wie er sie mißverstand, ist ja auch nicht die gescheiteste. Ich fragte ihn: Malst du eigentlich *Bilder*? Ich glaube nicht, daß Peter Pongratz Bilder malt, die von einem Gegenstand in seinem Bewußtsein schon bestehen, sondern daß das Bild von dem Gegenstand bei ihm erst entsteht, während und dadurch, daß er malt. Er malt nicht Bilder, die es schon in ihm gibt, sondern er *macht* die Bilder erst beim Malen. Deswegen ist seine Arbeit »unwirklich«, bedingungslos egoistisch, nichtreflexiv, nichtkontemplativ, verwirrt und verworren, unmittelbar, anfang- und endlos, spontan und konzentriert, nicht so sehr Bild, sondern Geschichte: Seine Bilder deuten an, was in ihm vorging, während er malte. Sie zeigen die Geschichte des Malens, eine schwierige, formal peinlich kontrollierte, dichte, assoziative Geschichte eines Bewußtseins zu einer bestimmten Zeit.

(1966)

2

Peter Pongratz und Walter Pichler

Es ist jetzt zehn Jahre her, daß ich Peter Pongratz kenne. Obwohl wir uns während dieser langen Zeit oft gesehen haben, manchmal auch durch Tage, Nächte und Wochen zusammen waren, in verschiedenen Städten, in verschiedenen Ländern, einmal auch nebeneinander schliefen in den Ehebetten eines zu einem Atelier erklärten Bauernhauses im südlichen Burgenland, wo die Decke sehr niedrig war und die kleinen Fenster am Morgen von innen beschlagen waren, ist unser Umgang miteinander völlig sachlich geblieben. Was wir taten, waren zwei Welten, und der eine trat jeweils mit einer ruhigen Neugier vor die Welt des andern, ohne sich aber hineinzubegeben. Es war Vertrautheit und Distanz zugleich, und so konnten wir über die gegenseitige Arbeit reden, wegen der Vertrautheit vielleicht kritisch, wegen der Distanz aber nie, wie etwa bei sogenannten Künstlerfreundschaften, gereizt. Diese Gespräche sind in der Regel Fragen und Gegenfragen gewesen. Wir waren begierig zu erfahren, mit welchen Vorstellungen zum Beispiel der andere zu arbeiten anfing und auf welche Weise sich während der Arbeit die Vorstellungen änderten oder auch zerstört wurden. Ich erfuhr, daß zwar nicht Malen und Schreiben vergleichbar waren, wohl aber die *Schemata* fürs Schreiben und Malen: Die ähnliche Arbeit bestand darin, um diese Schemata, die jedes Wort und jeden »Pinselstrich« ansaugen wollten, mit vollem

Bewußtsein, aber auch vollem Gefühl herumzukommen. (Eine Zeitlang hatten wir die Schemata, obwohl wir sie erkannt hatten, BENUTZT, als Zitate, als Kürzel, hatten sie hingestellt als Mal- oder Redewendungen; seit einiger Zeit sind auch die Zitate bloße Wendungen geworden. Die Ritzen, wo die Welt noch nicht abgedichtet ist, werden immer seltener.) Weil die Arbeit vergleichbar war, konnte man also darüber reden.

Es gibt eine mögliche Erklärung dafür, daß das Verhältnis zwischen Peter Pongratz und mir so sachlich geblieben ist. In einem Aufsatz zu Zeichnungen Walter Pichlers erzählt Max Peintner das Leben Pichlers, von seiner Geburt in einem bäuerlichen Handwerkerhaus Südtirols an bis jetzt. Er erzählt es so einfach, daß er gar nicht erst mit den beliebten Begriffen eine Beziehung »zwischen Leben und Werk des Künstlers« herstellen muß – sie leuchtet schon aus der Erzählung des Lebens, während der man sich ganz selbstverständlich an eine Zeichnung Pichlers erinnert, wo er sich als Erwachsener in eine Laubhütte hineinzeichnet, die er als Kind gebaut hat: die Füße ragen weit aus der Laubhütte heraus. So eine selbstverständliche Einheit zwischen Biographie und Werkverzeichnis ergibt sich bei Peter Pongratz nicht oder jedenfalls viel schwerer. Die bäuerliche Welt Pichlers ist mir vertraut. Es ist eine Welt aus so wenig Dingen, daß man sich an diese Dinge als an Zeichen erinnert, an BILD-Zeichen, und diese Zeichen (die Laubhütte, der Sitzplatz vor dem Haus, ein Mann, der auf einer Wagenachse sitzt, ein Holztrog), die füllen in der Erinnerung die ganze Welt aus. Peter Pongratz stammt aus einer bürgerlichen Familie und ist in der Stadt aufgewachsen. Es war eine Welt ohne Bilder, aber voll von

Gemälden. Es gab nichts zu sehen – dafür aber überall was zum Blättern und zum ANSCHAUEN. (Ich erinnere mich gerade, mit welcher Gier ich als ein Kind, das in einem gemälde- und bücherlosen Haus lebte, in einem Arzthaushalt das Bild mit dem Tod anstarrte, der eine nackte Frau umklammert, und wie ich stundenlang in demselben Haushalt, ohne einmal aufzuschauen, in die Comic-Hefte des Arztkindes vertieft war.) Bilder gab es in der bürgerlichen Umgebung nur an der Wand oder in Büchern. Wenn man aufschaute, war nichts Besonderes zu sehen, weil alles für einander da war. Nichts stand für sich allein, nichts war ein Zeichen wie die Laubhütte, nicht einmal in der Erinnerung; statt Zeichen Bildergerümpel. »Fürs Auge« blieben eigentlich nur die Bildtafeln in den Biologie- und Geologiebüchern. Aus beidem, einmal aus dem Bildergerümpel, dann aus den Bildtafeln der Lehrbücher, hat sich jetzt, aus der Erinnerung, Pongratz die Bilder und Zeichen selber hergestellt, die ihm gefehlt haben. Und gerade die Kombination – Lehrtafeln *und* Schlafzimmerlandschaften – macht seine Arbeiten bezeichnend. Sie sind keine Gemälde, sondern Bilder von Gemälden: persönliche Bilder von etwas ganz Entpersönlichtem, und deswegen traue ich mich zu schreiben, daß sie, in den besten Fällen, mehr sind als nur etwas fürs Auge. Sachlich ist mein erster Blick auf seine Bilder – weil *meine* Bilder andre sind und meine Erinnerungen andre sind. Ich habe meine Bilder schon gehabt, er macht sie sich erst, malt sie sich aus; daher vielleicht das so ordentlich Ausgemalte, das Gemäldehafte an seinen Arbeiten – während für das Zurückrufen der erlebten Bilder bei mir die bloßen Zeichen Pichlers das richtige sind. (Unvorstellbar, die

Laubhütte als ausgemaltes Gemälde zu sehen.) Aber: genügen die erlebten Bilder? Jetzt denke ich, daß man nicht sein Leben lang mit ihnen auskommen kann; man wird erinnerungsselig nur mit ihnen, ruft sie sich vor Augen, wie man alte Schlager summt. Ich brauche neue Bilder. So verliert sich oft nach dem ersten Blick das Literarische aus den Arbeiten von Peter Pongratz, und statt sie anzuschauen, fange ich zu schauen an. Wo ich früher wohnte, hing an der Wand ein Bild von Pongratz, das, mit anderen Farben und auch größer, das bekannte Motiv des Schutzengels darstellt, der ein Kind über einen Bachsteg führt. An vielen Nachmittagen bin ich davorgesessen, und der Himmel auf dem Bild war immer ein Nachmittagshimmel. Und wenn es draußen zu dämmern anfing, hat es auch auf dem Bild geheimnisvoll zu dämmern angefangen, und am Abend war der Himmel auf dem Bild ein Abendhimmel geworden. Der Bach, über den das Kind geführt wurde, hat geschimmert, als ob man sich an die Dunkelheit schon gewöhnt hätte.

(März 1974)

Österreich und die Schriftsteller
(am Beispiel Franz Nabls)

Dem Gedächtnis an Alfred Holzinger

1

In Österreich ist der Umgang mit den Schriftstellern sehr äußerlich – das heißt, man wird als Schriftsteller nur dann eine öffentliche Person, wenn auch die Privatperson interessant wird oder sich interessant macht. Und interessant für die Öffentlichkeit ist man dann nicht als Schriftsteller, als jemand, der für andere die verdrängten und unterdrückten Wünsche und Befürchtungen seiner Epoche oder auch nur seiner gehüpften wie gesprungenen Tage formuliert, sondern als eines unter vielen bekannten Gesichtern aus Presse und Fernsehen. Für die Öffentlichkeit ist er austauschbar mit einem Kammersänger, einer Skifahrerin, einem Diskussionsleiter und der Schimpansin Judy aus »Daktari« – man umwieselt ihn als eine Figur aus der Schauwelt, egal, welche Art von Arbeit ihn in diese Schießbudenumgebung ausgesetzt hat, in der er sich fremd fühlt und die er doch ein bißchen auch zu brauchen glaubt, weil er das, was er schreibt, zur öffentlichen Sache machen will. Aber die öffentliche Sache, das ist dann eben nur er und nicht einmal er selber, sondern zum Beispiel seine schmutzigen Fingernägel oder sein offenes Hemd... Der hysterische Patriotismus eines kleinen Landes formalisiert alle verschiedenen einzelnen zu EXPORTARTIKELN, ZU BOTSCHAFTERN DES LANDES draußen in der Welt, ohne sich um irgendeinen Inhalt zu scheren. »Österreicher im Ausland« heißen die Rubriken in den Zeitungen, und da werden dann, wie in Heimatblättern die Leistungen der heimischen Eisstockschützen im Nachbardorf, die Taten und Untaten des Kulturexports vorquinkeliert. Aber die Schriftsteller als eine Gruppe bestimmter Staatsbürger, an deren Arbeit man das eigene Leben ablesen, auslegen und anders sehen könnte, gibt es nicht im österreichischen Bewußtsein. Und auch die verehrten Schriftsteller von früher sind nur noch Zitatfiguren und Reliquien. Man benutzt ihre Namen, um sie gegen die jetzigen, die man nicht kennt, auszuspielen oder um einen der jetzigen, indem man ihn schnell mit ihnen vergleicht, ebenfalls als Reliquie einzufrieren. Das austriakische Gerede von Tradition ist das Gestammel von Geschichtslosen. Geschichte: das selbstverständliche Hineinwirken eines Bewußtseins von früher in meines jetzt, die Neugier, Ferdinand Kürnberger oder Marie von Ebner-Eschenbach so zu lesen, wie man in eine alte Vorstadtstraße kommt, die sich seit langem nicht geändert hat, wo man aber die Kondensstreifen der Düsenflugzeuge am Himmel sieht oder aus den Häusern am hellichten Tag die Fernseher mit einem »Messeprogramm« laufen hört . . . Die Tradition dagegen: das Abstauben eines Museumsgegenstands durch einen stumpfsinnigen Museumsdiener. (Lieben Museumsdiener die Bilder, die sie bewachen? Wer hat schon eines mit nach Hause genommen?) Für diese geschichtslose Traditionshuberei ist sicher der Nationalsozialismus verantwortlich, der aus den Gegenständen der Geschichte, an denen man vernünftig sich selber begreifen konnte, begrifflose, verdinglichte Monumente der Tradition machte. Und schuld daran ist auch die Zirkelhuberei der österreichischen Schriftsteller, wobei immer ein Zirkel einen Poeten für sich in Anspruch nimmt, worauf der andere Zirkel den Poeten auch schon nicht mehr zur Kenntnis nimmt.

In keinem Land treten die Schriftsteller einander so sehr als Feinde gegenüber wie in Österreich. Und wenn schon einmal ein paar befreundet sind, dann bilden sie, statt ihr Wahrnehmungsvermögen als einzelne freizuhalten, gleich eine Gruppe und treten als Gang mit einem genormten Wahrnehmungsschema auf, das vielleicht für eine politische Partei angemessen ist, nicht aber für Schriftsteller, für die es keine vorgegebene Erkenntnis, nichts Selbstverständliches, nichts in den Mund Gelegtes und bereits zu Ende Gedachtes geben darf. So stellt sich die österreichische Literatur nicht als eine Gruppe freier Schriftsteller dar, die, freundlich und vernünftig, vielleicht auch ein bißchen neidisch – warum nicht? –, schreibend eine mögliche Lebensform in der Gesellschaft vorführen, sondern eher als ein animalisches Gewimmel von Erniedrigten und Beleidigten. Fast zu Recht nimmt die Öffentlichkeit dann eben nur das Gewimmel wahr. Es mußte zum Beispiel Franz Nabl, ein wichtiger österreichischer Schriftsteller (»Ödhof«, »Die Ortliebschen Frauen«), nahezu neunzig Jahre alt werden, damit er als Schriftsteller aus der Gruppe heraus, die ihn in raunenden und raunzenden Literaturgeschichten von uns jüngeren Autoren abschirmte, auf uns zutrat und auch einer von uns wurde. Ich selber hielt Nabl, nach dem, was man über ihn schrieb und sagte, für einen, der jemandem wie mir nichts mitzuteilen hatte, vor allem nichts mitteilen wollte. Freilich wirkte das, was ich vor Jahren von ihm gelesen hatte, geheimnisvoll, wie ohne mich, nach und wurde immer stärker. Ich dachte oft an ihn und war bedrückt, daß die, die jemanden verehrten – seine »Anhänger« –, ihn auch so behüteten, daß sein Werk fast erstickte. In der Erzählung »Der kurze Brief zum langen Abschied« zitierte ich ihn dann unverschämt aus der Erinnerung, indem ich meine eigene Kindererfahrung beschrieb, die Umwelt würde auf einmal platzen und die Umgebung, das Wetter, die Sonne usw. wären plötzlich ein Ungeheuer – das aber, erinnerte ich mich, war auch das Grunderlebnis Franz Nabls ... Vor ein paar Monaten sah ich ihn dann selber, in seinem Haus in Graz mit der schönen, im Lauf der Zeit hell abgeschrubbten Holztreppe. Wir tranken viel Vogelbeerschnaps, bis ich in seinem Garten ins Gras fiel. Auf seinem Balkon las ich die Vorlesungen, die er 1933 in Graz über moderne Literatur gehalten hatte, und staunte über die Freundlichkeit und die Selbstlosigkeit, mit der er auch Autoren, die ihm fremd sein mußten, zu Recht kommen ließ. Ich betrachtete Franz Nabl und wurde lebhaft vor diesem alten Menschen, obwohl ich vorher Angst gehabt hatte, ich könnte nichts sagen. Ich redete sehr viel und wurde eigenartig stolz auf ihn, als ich daran dachte, daß er sein ganzes Leben als Schriftsteller verbracht hatte und daß er jetzt voll Güte und Würde mir zuhörte und mit mir anstieß. Er hatte meinen Freunden und mir die bequemsten Sessel angeboten und saß selber auf einem Hocker ohne Lehne. Zuerst wollte ich ablehnen, aber dann fand ich es recht, ich weiß nicht, ob das jemand versteht. Wir sollten uns an die einzelnen Schriftsteller halten und an ihre Arbeiten.

(1972)

Verstehe es: Mir bieten oft auch Leute (Omi, Mutti, Gerda) etwas an und ich lehne zuerst ab, da ich ein ganz ungutes Gefühl habe, schon wieder etwas zu nehmen, zu empfangen, dann nehme ich es einfach und sage

2

Franz Nabls Größe und Kleinlichkeit

An dem Schriftsteller Franz Nabl, der Anfang 1974, über 90 Jahre alt, in Graz gestorben ist, zeigt sich exemplarisch der lebenslängliche Zwiespalt eines schreibenden Menschen, der von Anfang an alles, was der Fall ist – das vorinterpretierte System von Tatsachen, das als »Welt« auftritt – entwirklichend fremd erlebt –, und doch diese seine vernünftige Befremdung immer wieder von dem kleinlichen Normen-System entkräften läßt. Von Nabl zu reden, bedeutet aber zuerst, jemanden, der im eigenen Land ein Begriff ist, dem Ausland begreiflich zu machen. »Das eigene Land« meint hier Philologen, deren Existenz in eine Rolle – die eines Philologen – entrückt ist, sowie Heimatbewohner, deren erklärte Liebe zur Heimat nur Reflex ist: der Angst und des Ekels vor jedem Fremden; »Ausland« in diesem Bild wären die andern, die lesend Lebenden, hoffentlich noch Undefinierbaren. Zwei Fragen sind demnach denkbar: Wo liest man nun die Bücher Franz Nabls im Original – im »eigenen Land« oder, paradoxerweise, im »Ausland«? Und: Handelt es sich etwa gar nicht um ein Paradox, und die Welt der auf philologische Rituale und Heimat-Propaganda spezialisierten Existenzen wäre eben nicht Franz Nabls eigenes Land? – Es soll, und zwar im *einzelnen*, gezeigt werden, daß Nabls Werk darauf nie im *ganzen* eine Antwort gibt und daß diese Fragen also nicht bloß rhetorisch waren. Nabl ist über

3

Ich glaube, man muß auch Annehmen können! Ich freue mich über solche Sache immer wieder und ich glaube es [illegible] sich die „Glaube", „Lebe" auch über neunzig Jahre alt geworden und hat fast siebzig Jahre mit dem Schreiben zugebracht: die Widersprüche in seinen Büchern sind aber nicht, wie üblich, Widersprüche von Buch zu Buch oder von einer Lebenszeit zur andern; sie ergeben sich nicht *nach*einander, werden also nicht erst im Rückblick feststellbar, als Phasen, Perioden usw., sondern simultan erlebt, im selben Buch, mitten im Satz, und auch nicht von verschiedenen Figuren, sondern vom Autor höchst allein. Sie wechseln zudem nicht von der Jugend zum Alter – bleiben dieselben über 70 Schreibjahre und 90 Lebensjahre.

Nabls Erstlings-Buch, »Hans Jäckels erstes Liebesjahr« (veröffentlicht 1908 auf die Empfehlung Arthur Schnitzlers im Berliner Egon Fleischel-Verlag), zeigt bereits, in einer frühzeitig ding- und wortfest gewordenen, im Lauf der langen Jahre auch nie mehr dem Autor fragwürdig erscheinenden »klassischen« Schreibweise, alle poetische Großartigkeit, aber auch, und zwar gleichzeitig, alle poesielose, unbarmherzige Kleinlichkeit, die beide gemeinsam noch sowohl das befreiend Erstaunliche als auch das ärgerlich Beschränkte des 50 Jahre später, 1958 bei der Deutschen Verlagsanstalt Stuttgart, erschienenen Erzählungsbandes »Johannes Krantz« ausmachen. – Hans Jäckel, ein junger Student der Rechte, fährt am Ferienende vom väterlichen Gut nach Wien zurück. In der Stadt »überkam ihn wieder jenes wunderbare Gefühl der Freude an allem Neuen und Unbekannten ... und als ihn an der Straßenecke ein Wagen beinahe niedergestoßen hätte, da empfand er fast eine Art Dankbarkeit für dieses ungewohnte, köstliche Erschrecken«. Als ein Fremder und Neugieriger trifft er auf eine Welt von Schnitzlerschen Figuren: den in Zynismen redenden Arzt-Freund, die verheirateten Frauen, denen »der Ehebruch in die Augen geschrieben« ist, das blasse, doch kecke Wiener Mädel, das in einem Handarbeiten-Geschäft arbeitet. Hans Jäckel lebt freilich nicht in dieser Welt, anders als die Personen Schnitzlers, die mit ihrer Lebensart umgekehrt diese Welt erst stiften; er tut nur so mit und zerstört, indem er nur spielt, unernst und unbeherrscht, das zur Existenzform gewordene Spiel der andern. Nachdem zum Beispiel das Wiener Mädel seine Geliebte geworden ist, vergißt er sie, jedoch, und hier beginnt der Unterschied zwischen Nabl und Schnitzler, auch von der weiteren Geschichte wird sie fast vergessen.

Hans Jäckel ist einerseits ein titanischer Held, dem ist, »als müßte er eine unmenschliche Arbeit verrichten, die ihn bis zum äußersten erschöpfte«, andrerseits doch manchmal ein völlig Erlebnisunfähiger, dem nach der Erfüllung jener Sehnsüchte, welche für ihn schon die eigentlichen Erlebnisse waren, alles »blind und häßlich« wird. Was ihn vor allem von einer harmonischen oder bloß selbstverständlichen Existenz trennt, sind die Zustände der Fremdheit, die ihn oft plötzlich ergreifen: zuerst, als er eines Tages allein auf einer Wiese sitzt, »die schon von Kindheit an sein Lieblingsplatz gewesen war. Er saß, wie immer, hart am Waldrand, zwischen einigen alten, mächtigen Haselstauden. Es war ein heißer Sommertag, die Sonne brannte vom wolkenlosen, blauen Himmel, und in einiger Entfernung flimmerte die Luft über den Gräsern wie in tausend kleinen, durchsichtigen Wellen ... Hans Jäckel fühlte sich glücklich und gesund. Mit einem Mal überkam ihn aber ein ganz seltsames, unbekanntes Weh. Angstvoll blickte er um sich, und das helle, freundliche Bild, das ihm von frühester Jugend an so vertraut gewesen war, erschien ihm plötzlich fremd und neu. Er kannte die Haselstauden, unter denen er saß, und doch war ihm zumute, als hätte er sie noch nie in seinem Leben gesehen ... Da erfüllte ihn ein namenloses Bangen. Er sprang auf und lief, so schnell er konnte, nach Hause.« Später erleidet er diese Zustände auch in der Gesellschaft andrer, und er fürchtet sich davor, weil es ein Fremdheitsgefühl ist, welches ihm die anderen nicht einmal »fremd und *neu*«, sondern »fremd wie etwas, das ich ausgeschöpft habe, das mir nichts mehr geben kann« erscheinen läßt. Aus diesen beiden extremen Erlebnisweisen – dem titanisch Hochfahrenden in der Freude und der schmerzhaften Gleichgültigkeit in der Fremdheit – erklärt sich die Sehnsucht Jäckels nach dem, was er am Schluß selber »Mannheit« nennt, in der sich »unser Leib der Seele anschmiegen« wird. Der stille, ernste Mann, ohne *Leidenschaften,* aber mit weltharmonischen *Gefühlen,* wie ihn der poetisch eine künftige Wirklichkeit vorbereitende Entwurf Adalbert Stifters im »Nachsommer« beschrieb und noch früher jener Goethes in den »Wahlverwandtschaften«, ist in dem ersten Buch des 25jährigen Nabl bereits beschworen, als ein rettendes Gegenbild zu den als kindisch empfundenen Zuständen der Fremdheit und des Titanismus, und erscheint später in Nabls großen Romanen als Person der Handlung: zuerst als *Neben*figur (des sich überhebenden Helden Johannes Arlet Bruder Heinrich im »Ödhof«, 1911), dann als am *Ende* geläuterte *Haupt*figur (der von der Lebensgleichgültigkeit und der Sinnlosigkeit geheilte Felix in »Die Galgenfrist«, 1921) und schließlich als schon am Buch-

Anfang gefestigt auftretender *Held*: dessen weiteres Leben, ungefährdet von Extremen, harmonisch GEPLANT werden kann (der Sektionsrat Erich von Groiß in »Ein Mann von gestern«, 1929) – oder der sich, wie der Schriftsteller Johannes Krantz, noch einmal aufs Spiel setzt und dabei am Schluß sich und die Welt verliert. Verschieden von diesen Projekten einer poetischen, das Selbst*erlebte* als allgemein erleb*bar* herausarbeitenden Autobiographie ist in Nabls Werk nur der Roman »Die Ortliebschen Frauen«, 1917, sein am wenigsten von einem Gegen-Weltbild beschränktes, ohne den sonst so häufigen biedermännischen Tadel für die Zustände seiner Figuren einfach frei erzählendes und dadurch auch unheimlichstes Buch – das von der Unheimlichkeit, indem es ohne moralisierende Begrenzung die menschlichen Lebens-Unformen darlegt, zugleich wieder befreit.

Das Unheimliche an den anderen Büchern Nabls ist jedoch nicht befreiend: es beklemmt. Denn in ihnen wird seltsamerweise als (unmännliche) Schwäche, als Ausschweifung, ja, als Krankhaftigkeit von dem Autor persönlich gerügt, was als Lebensnot, Sterbenslangeweile und berserkerhaftes Allmachtsgefühl doch von der frühesten Jugend bis ins Alter das höchsteigene Daseinsproblem und Schreibthema Franz Nabls war! Beklemmend, wie viel dieser Schriftsteller von sich (und damit von uns andern) wußte und wie borniert streng er sich in seinen Figuren immer wieder als »abseitig« und abnorm hinstellte – als sei er auf diese Eigen-Zensur angewiesen, um sich seiner Befindlichkeit nicht schämen zu müssen: Kafkas monumentale Existenz-Scham, die Schande, zu leben und zu sterben, war die seine, doch er hat davon nicht unverschämt geschrieben wie jener – sie war ihm peinlich. Während er sie als ein freier Schriftsteller darstellte, tat er in der Rolle des unfreien Zensors sie gleichzeitig ab, und zwar in den sprachlosen Formeln des Zeitgeistes. Franz Nabl ist jemand gewesen, der alle jene Zustände in uns, die dem natürlichen und doch nur inszenierten Lauf der Welt widersprechen, ganz ernst nahm und sie dabei engstirnig verachtete, der sie so genau beschrieb, nur um ihnen *ab*zuschwören, – und schließlich ein gutes Menschenleben lang allein von ihnen schrieb. Dieser Zwiespalt zwischen der entfesselten Phantasie und dem phantasielos dösenden Zeitgeist, zwischen dem SOHN, der immer wieder zum ersten Mal die Augen aufschlägt, und dem tyrannisch stumpfsinnigen VATER, macht die meisten seiner Bücher so großartig wie krämerhaft, so undefinierbar poetisch wie definierbar beschränkt. Hans Jäckel schon hatte seine Einigkeit mit der Welt als »gesund« bezeichnet, die Zustände der Befremdung aber als »tückisch«, als »Anfälle«, die ihn »völlig aus der Bahn seiner sichern Erkenntnis« hinauswerfen, und das Freisein davon war ihm gleichbedeutend mit »Männlichkeit«. Von dieser männlichen Welt aber gibt es im späteren Werk Nabls – und das unterscheidet ihn von Goethe und Stifter – keinen poetischen Entwurf, keinen Satz für Satz und Bild für Bild konstruierten Lebensvorschlag, wie die als allegorischer Daseinsgarten angelegten Gegenden in den »Wahlverwandtschaften«, in »Wilhelm Meisters Wanderjahre«, oder den Rosenhain des »Nachsommer«: statt dessen bloß, als Zeichen eines sogenannten Erwachsen-Seins, in die Konflikte der Bücher eingestreute Schilderungen sogenannt männlicher leiblicher Genüsse einerseits (grotesk häufig die Erwähnung einer angerauchten Zigarette oder Pfeife oder bestimmter Weinmarken) und andrerseits die zu Männlichkeits-Ritualen fetischisierten Freizeitbeschäftigungen wie das JAGEN (Johannes Arlet im »Ödhof«), das WANDERN und BERGSTEIGEN (von Groiß in »Ein Mann von gestern«), das FISCHEN (in fast allen Nabl-Büchern).

Doch gerade daß Nabl nirgends ein Bild- und Wortsystem für ein mögliches Leben gelingt, daß ihm jeder noch so verzweifelte Versuch dazu in Wort und Bild zu einer Propagierung biedersinniger Hobbys mißrät, macht, im Verein mit und im Widerspruch zu den authentischen Bewußtseinsnöten seiner Figuren, das für dieses Jahrhundert und für heute Bezeichnende, von jedem von uns Erlebbare, weil sprachlos täglich Erlebte seiner Schreibarbeit aus. Geängstigt und beschämt von seinen unmännlichen Anfällen ist Nabl zeitlebens auf das interesselose Wohlgefallen an der Welt aus – doch was er an seinen mehr positiv gemeinten Helden dann als solches ausgibt, sind nur deren selbstgefällige Interessen, mit denen sich eine panische (panisch aus Angst vor dem Rückfall in die »Krankhaftigkeiten«) Teilnahmslosigkeit an allem Menschlichen, Geschichtlichen, im aristotelischen Sinn Politischen maskiert. Deswegen auch erscheint die Welt gerade in den letzten Werken Nabls eingeschränkt zur menschenlosen *Natur* (die Fauna und Flora wird kennerisch und immer wieder mit Hinweisen auf diese Kennerschaft beschrieben) – während bei Goethe und noch bei Stifter umgekehrt die Naturbeschreibung eine Plan-Skizze zu einer erweiterten und verbesserten *Menschenwelt* darstellt. Bei den beiden Klassikern ist die angelegte und bearbeitete Na-

tur eine zum Lebens-Spiel errichtete Welt-Bühne; Nabls Natur aber wird kaum mehr bearbeitet – und sie ist menschenleer: höchstens Wanderer, Jäger und Angler gehen in ihr ihren hoffnungslosen Weltvergessens-Riten nach. Die Blicke von Nabls Helden, die sich mit freiem Willen von den anderen abwenden, unterwerfen sich so gerade dem jeweiligen, die kleinsten Tatsachen des täglichen Lebens normenden politischen Unwesen, als wäre dieses das SCHICKSAL: kaum je erwähnt Nabl ein politisches Ereignis – und doch sind diese Ereignisse oft vorweggenommen in erschreckend reflexhaften Wahrnehmungsentstellungen. (»Seine Stimme war scharf und hart wie vor vielen Jahren, als er seinen Soldaten Befehle erteilt hatte«, heißt so einer der vielen Reflexe – aus der Erzählung »Der Fund«, 1937.)
Franz Nabl ist mit den Nationalsozialisten nie recht eins gewesen (»Die Ortliebschen Frauen« mußte so umbenannt werden, weil der ursprüngliche Titel »Das Grab des Lebendigen« in dem Hitlerreich als eine Symbolik für das allgemeine Leben erschien, und im »Ödhof« findet sich eine sehr gerechte Beschreibung eines vom ganzen Dorfe erniedrigten Handelsjuden) – aber seine manchmal menschenverachtende Natur machte ihn doch, gerade in den mikroskopischen und primären Regungen, anfällig für die von der Macht-Politik bereits vorgenormten Tatsachen. (In einer Vorlesungsreihe an der Universität Graz im Sommer 1933 hat er Hermann Hesse und sogar Thomas Mann und Arthur Schnitzler gepriesen – und buchstäblich im gleichen Atem die nationalsozialistisch gestimmten Hans Grimm, E. G. Kolbenheyer und Hermann Burte, dessen 1911 erschienenen Roman »Wiltfeber«, worin gegen den »Gott der

jüdischen Erzväter« »das uralte Hakenkreuz« in den Sand gezeichnet wird, er erstaunt lobend als Prophetie erwähnt.) Will man dem vielleicht großen, kleinlichen Schriftsteller Franz Nabl gerecht werden, so kann man nicht verschweigen, daß das selbstherrlich Titanische, und zwar domestiziert zu einem nur noch der herrschenden Moral nachsprechenden Eigendünkel!, von Anfang an in seinen Werken das Urteil über die existentiellen Konflikte vorwegzunehmen versucht, zum Glück allerdings meist vergebens; denn die kleinste dargestellte Einzelheit straft alle konventiondeklamierenden Eingriffe Lügen.

Solche Bevormundungen – eigentlich mehr in allen Büchern formelhaft wiederkehrende BEANSTANDUNGEN – betreffen besonders die Sexualität sowie den Blick des in der Regel »herrenhaften« Helden auf das sogenannte Volk. Formeln wie »Gemeinheit«, »nackter Taumel«, »Raserei« (meist in Gesellschaft von »fragwürdigem, lichtscheuen Gesindel«, »schamlosen«, »zudringlichen« »Frauenzimmern«) werden stereotyp angebracht vom »Hans Jäckel« an bis zum »Johannes Krantz«: und doch entkräftet jeweils die ausführliche und schließlich verstehende Darstellung des Sexuellen, zumindest in den langen Romanen, immer wieder die präjudizierende Wortwahl.

Das »Volk« allerdings, die kleinen Leute, scheint Nabl nur *allzu* gut gekannt zu haben, jedoch nicht gut – und so hat er es, außer in den »Ortliebschen Frauen«, im Untertitel »Studie aus dem kleinbürgerlichen Leben« genannt, als etwas Schlechtes fast immer schlecht beschrieben. Die Bauern und Kleinbürger sind bei ihm, so wie sie eben sind, wenn jemand von einem Herrenhof sie schildert: geldgierig und stumpfsinnig. Nabl hat die Welt der verkommenen Städter und beschränkten Bauern vor allem im »Ödhof« und in der »Galgenfrist« mit großem Wissen wiedergegeben – doch eben nur wiedergegeben, mit Verachtung für das, was sie, von seinem Standort aus, sind, und, anders als der sonst durchaus vergleichbare Faulkner, ohne Vision davon, was sie sein könnten: sie bleiben Menschen, die – so eine wiederkehrende Wendung – »tiefer stehen«, »niedrig« sind. Ihre sogenannt guten Eigenschaften sind denn auch jene, mit denen Patrone in Ewigkeit Dienende kennzeichnen: Fleiß, Verläßlichkeit, Selbstbeschränkung; ihre schlechten entsprechend »Tücke«, »Herumgelümmel«, »Aufsässigkeit«.

Eine grammatische Hilfskonstruktion, von Nabl im Erzählverlauf auffallend oft verwendet, verdeutlicht seine, vor allem in den Nebenfiguren, oft schematische Moral-Hierarchie besonders: um ein Hauptwort nicht zu wiederholen, setzt er, wie man es für Schulaufsätze gelernt hat, ein Synonym ein: schreibt zum Beispiel statt noch einmal »Schlange« – »Giftwurm«. Bezeichnend für Nabls ab und zu rollenhaft verdinglichte Weltbetrachtung erscheint diese Stilfigur, wenn er sie auf Menschen anwendet: wenn also jemand (noch harmloses Exempel) etwa im Gespräch mit dem Bürgermeister »der junge Mann«, im Gespräch mit einem Sekretär »Schriftleiter« und zusammen mit der Tochter des Bürgermeisters »Verlobter« genannt wird; oder wenn in der Erzählung von einer kranken Frau, weil vorher gerade das Wort »Frau« vorkam, im anschließenden Satz, mit dem Arzt als Subjekt, nun von der »tapferen Pflegebefohlenen« die Rede ist. Offen rollenzuweisend aber wird diese

scheinbar bloß formale Umständlichkeit zum Beispiel in der zu den Johannes-Krantz-Novellen gehörenden Erzählung »Der Tag eines Knaben«, wo der zarte Sinn des heranwachsenden Helden aus dem Gutshof, kaum daß er mit einem Gleichaltrigen aus einer anderen Umwelt zusammentrifft, auch schon in Pseudo-Synonymen gegen diesen ausgespielt wird: »An der Achtung und Liebe des *Anton Zwinz* war ihm (dem Knaben) nichts gelegen, und um die albernen Scherze, die der *Holzknechtssohn* mit den halbwüchsigen Dirnen trieb, brauchte er sich nicht zu bekümmern ...« Schon im »Ödhof«, 35 Jahre vorher, war in einer Parallel-Episode, die das Zusammentreffen des sensiblen »Knaben« Heinz Arlet mit einem »Burschen« beschreibt, dieser Holzknechtssohn von Satz zu Satz wechselnd als »Bub«, dann als »Kerl«, schließlich als »Hinkender« aufgetreten.
Warum enden fast alle Erzählungen Nabls, anders als die langen Romane, melodramatisch: mit Selbstmord, Mord, Unfalltod oder wenigstens unheilbarer Trennung? Ist nicht auch daran der zensurierende Eingriff eines entpersönlichten und zugleich doch tiefeingefleischten Sittensystems in eine zu unsystematischen Wahrnehmungen befähigte Schriftstellerpersönlichkeit zu erkennen? Denn der Anfang der Erzählungen zeigt in der Regel jemanden, der durch einen Blick oder ein Wort aus dem ihm (in seiner Klasse, seinem Beruf) vorgegebenen Lauf der Welt gerät; das Ende jedoch stellt gewaltsam – wenn benötigt, ohne den Betroffenen – den Lauf der Welt wieder her. Deutlich zeigt das die Erzählung »Die Augen«, 1919: Ein Mädchen, Verkäuferin in einem Bahnhofskiosk an der äußeren Grenze Wiens, erwidert eines Tages »aus einem ihr kaum bewußten

Gefühl des Zwanges heraus« den Blick eines Mannes aus einem Zug. Von diesem Augenblick an will sie das ihr vorbestimmte Leben nicht mehr ertragen und löst sich von ihrem Verlobten. Sie trifft den Mann aus dem Zug und läßt sich in selbstverständlicher Liebe mit ihm ein. – Bis dahin ist es eine Erzählung von einer existentiellen Emanzipation – dann aber schreitet das Melodrama ein wie zu einer Amtshandlung: Als das Mädchen erfährt, der Mann habe beim ersten Mal gar nicht sie angeschaut, vielmehr abergläubisch eine Ankündigungstafel neben ihr zu entziffern versucht, kommt sie sich ENTEHRT vor und flieht. Bei dem Anblick einer »mit nachlässiger Auffälligkeit gekleideten Frauensperson« auf der Straße muß sie schon daran denken, daß sie »in ein paar Jahren vielleicht geradeso durch die Gassen streifen« wird – und vor der Haustür dann wird sie von ihrem ehemaligen Verlobten erschossen ... Das Melodramatische scheint bei Nabl die Selbstbestrafung zu sein für eine Poesie, die sich anmaßt, auch Lebensform zu werden. Wer nach der eigenen Vorstellung statt nach der vor-definierten eines Systems leben will, ist am Schluß nicht mehr am Platz: er ertränkt sich zum Beispiel wie der junge Musiker im »Tag der Erkenntnis«, nachdem ihm die Frau ausgeredet worden ist, mit der er sein wollte; und im seltenen Überlebensfall »schleppt man sein Leben nebeneinander fort«, so wie das Paar nach dem Ehebruch in »Der Teufel an der Wand«, welches, und zwar für immer, »ein Gefühl des Unreinen« voneinander abstößt ...

Rar ist Nabls Kritik an solchen moralpolizeilichen Melodramenschlüssen: ein Mann und eine Frau, die einander lieben, haben einen Vogel nach seinem Ruf unter sich den »Vogel Tscheap« genannt. Dieses Wort ist auch ein Symbol für die Innigkeit ihrer Zuneigung – und eines Tages, als der Mann das Wort aus dem Mund eines Dritten hört, der zeitweise ein harmloser Begleiter der beiden war, verläßt er die Geliebte (und stirbt am bösen Fieber in der Türkei): hier weiß der Held selbst, wie lächerlich er handelt – und kann doch nicht anders, als das von der Frau wohl gedankenlos ausgeplauderte Wort als Verrat an seiner Liebe zu erleiden. (Ein ähnliches poetisches Gleichgewicht zwischen einer menschenleeren Normenwelt und der Kritik daran führt die Erzählung »Charakter« vor.)

Es gibt jedoch in Franz Nabls vom Anfang bis zum Ende so zwiespältigem Werk (und das zeitabhängig-zeitlos Exemplarische an diesem Zwiespalt wurde bis jetzt zu zeigen versucht), wie bereits erwähnt, eine Arbeit, in welcher gegen all die unzivilisierte Fremdheit und den ebenso unzivilisierten Überschwang weder jene zur Apathie ausgeheilte Männlichkeit der langen Romane noch die Schlußkatastrophen der Erzählungen zu Hilfe kommen müssen: in seinem Meisterstück »Die Ortliebschen Frauen« ist, was sonst so oft Einschreiten des Autors gegen seine Personen war, *Gegenstand der Handlung* geworden.

Diese Geschichte macht Lust zum Nacherzählen, wie sonst nur eine Fabel: Anton Ortlieb, dem Sohn eines Herrschaftsgärtners, gelingt es, eine höhere Schule zu absolvieren und Beamter zu werden. Mit fünfunddreißig Jahren heiratet er die ältliche Tochter einer armen Beamtenwitwe und führt mit ihr eine Ehe, so pflichtgemäß, wie er den Kanzleidienst verrichtet. Im Laufe der Zeit gebärt »ihm« die Frau drei Kinder, erst zwei Töchter, dann einen Sohn, denen allen, während sie heranwachsen, die Welt außerhalb ihres Heims als etwas abstoßend Fremdes erscheint. Die Familie lebt ausschließlich füreinander und will nichts kennen als die eigensten Verhältnisse – und doch ist keiner dem andern gegenüber zu einer Äußerung von Liebe oder Zärtlichkeit fähig. Gerade weil es niemals zu einer körperlichen Berührung zwischen ihnen kommt, die ihre Gefühle befreien würde, sperren sie sich immer dichter und ängstlicher von allem ab. Besonders die beiden Mädchen leben für nichts als für die eigene Wohnung: das einzige Spiel, das sie gelernt haben, sind die Hausarbeiten. Als der Vater unerwartet stirbt, schließen sich die Ortliebschen Frauen mit dem heranwachsenden Sohn Walter, dessen Fuß ein wenig verkrüppelt ist, nur noch furchtsamer zusammen. Die älteste Tochter Josefine wird allmählich die Wortführerin. Indem die Familie nur noch eifriger zu putzen und auszubessern anfängt, verteidigt sie sich gegen die eklige Welt. Nach ein paar Jahren droht jedoch die erste Veränderung: der Besitzer einer Tierhandlung macht der jüngeren Tochter Anna einen Heiratsantrag und rührt in ihr plötzlich an die Vorstellung von einem anderen Leben. Aber schon als sie der Mutter und Schwester, beim Nähen übrigens, ankündigt, daß sie ihnen etwas mitteilen will, »strömte eine feindselige Zurückhaltung von ihnen aus«. Der Antrag des Mannes wird sofort als Verrücktheit und Unverschämtheit bezeichnet: jeder andere ist für sie ein WILDfremder. Es gelingt leicht, Anna den Tierhändler und alle sonstigen Männer für immer auszureden, und Josefine beginnt als Zeichen ihres Sieges denn auch »als erste wieder zu nähen«. Als später der Bruder Walter vor einem Großbürgermädchen musiziert, das sich von ihm gönnerisch erfreuen läßt, statt »sich selber eine Freude zu gewinnen«, ist es von neuem Josefine, die ihn, da er aus der selbstzufriedenen Ruhe zu geraten droht, eifersüchtig heimholt – und das Großbürgermädchen richtet Walter nur noch aus der Ferne einen Gruß aus ... Sein Lautenspiel aber gefällt einer hübschen Schauspielschülerin im selben Haus so, daß sie ihn zu sich lädt, wo er ihr und ihren Kumpanen das Herz rührt. In der Geselligkeit spürt Walter erstmals eine ungeschickte Seligkeit und ein zukunftssicheres Gefühl. Er tanzt mit seinem Klumpfuß und wird geküßt; er ist beklommen vor dem weiblichen Körper, nicht aus Widerwillen, sondern aus »Überraschung«. Josefine jedoch spürt ihn sogleich auf und ruft mit einem »entsetzlich wehklagenden Laut« seinen Namen. Kurz danach denkt Walter über dieses Erlebnis schon wie über ein Unrecht, das er an seiner Familie begangen hat. Sie ziehen alle weg aufs Land, und die früheren Formen stellen sich bald nach dem Umzug wieder ein. Walter ist nun ganz »ohne Regung des eigenen Willens« – so ergibt sich eine Art von Zufriedenheit. Als freilich Josefine hört, daß er den täglichen Weg zur Arbeit in die Bank gemeinsam mit einer Kollegin geht, ist ihr klar, daß »Walter nicht mehr anders wird«. Für sie steht außerhalb der Familie sein Leben auf dem Spiel, und »mit fast heiterer Entschlossenheit« verschließt sie ihn mit Hilfe der willenlosen Schwester und dem Mitwissen der sterbenden Mutter, um ihn vor dem Unglück, das jeder fremde Mensch für ihn bedeuten muß, zu bewahren, lebendig im Keller. »Ein unfolgsames Kind sperrt man doch auch manchmal ein, nicht?« Ohne sein Zutun entdeckt man einige Zeit später das »Grab des Lebendigen«. Josefine, für die Glück nur das war, »was er bei uns findet«, erhängt sich. Mit der gutmütigen Anna, die im Gerichtsprozeß freigesprochen wird, zieht Walter in die Hauptstadt zurück, wo es den Geschwistern schließlich gelingt, in Stille und Harmlosigkeit ein »anspruchsloses, eigenes Leben« zu führen. – Das einzige Mal ganz von der eigenen Biographie und deren Rechtfertigung gegenüber einer verständnislosen Vaterautorität absehend, befreit sich Nabl hier aus der Selbstbeschränkung, indem er von der Beschränkung eines Menschen durch andre eine ausführliche Geschichte erzählt – und sie nicht mehr aus einer bloß maschinellen Moral persönlich praktiziert.

(Februar/März 1975, Paris)

Die privaten Weltkriege der Patricia Highsmith

Die 53jährige Amerikanerin Patricia Highsmith bewohnt allein mit zwei Katzen (für die es eine Katzentür gibt) ein Haus in dem Dorf Montcourt ungefähr 80 Kilometer südlich von Paris, wo sich nach all den Satellitenstädten endlich eine Art von Landschaft zu strecken beginnt: die Felder des Departements Seine-et-Marne, um diese Jahreszeit voll von dicken, schwarzen Kolkraben. »Miss Highsmith«, wie sie in ihren englischen Klappentexten genannt wird, ist eher klein und bewegt sich meistens ein wenig vorgebeugt, aber ihre Füße sind groß (Schuhnummer 40) und die Hände sehr kräftig, vor allem die leicht nach hinten gekrümmten Daumen, wohl wegen der Zimmermannsarbeiten, für die sie sich im ersten Stock ihres Hauses eine Werkstatt eingerichtet hat.

Seit 1950 (»Zwei Fremde im Zug«, das von Hitchcock nach einem Drehbuch von Raymond Chandler verfilmt wurde – 6800 Dollar hat sie dafür bekommen) veröffentlichte sie 15 Romane und einen Band mit Erzählungen; zwei ihrer Manuskripte blieben ungedruckt; das erste, »eine seltsame stilistische Mischung aus Thomas Wolfe und Marcel Proust«, wie sie sagt, verwarf sie selbst; das andere, mit dem Titel »The Traffic of Jacob's Ladder«, 1952, wurde von ihrem amerikanischen Verlag zurückgewiesen und ging verloren.

Patricia Highsmith ist berühmt: Graham Greene hat ein Vorwort zu ihrem Erzählungsband »Eleven« verfaßt, in dem er meinte, daß wir an den »irrationalen Charakteren« ihrer Bücher erführen, wie »unglaublich rational« die Charaktere in den meisten anderen Büchern seien, »flach wie mathematische Symbole«. In Frankreich hat René Clément aus ihrem erfolgreichsten Roman, »Der talentierte Mr. Ripley«, mit »Plein Soleil« einen erfolgreichen flachen Film gemacht.

In der Bundesrepublik, zumindest seit der Diogenes-Verlag ihre Bücher als Hardcover-Ausgaben, in der Übersetzung von Anne Uhde, herausbringt, wird sie viel, schnell und manchmal auch sorgfältig rezensiert, und die Filmemacher hier, wenn sie schon kein Geld für die Rechte haben, verfilmen Patricia Highsmith auf ihre eigene Weise, Werner Schroeter zum Beispiel, indem er in »Argila« und »Eika Katappa« seine Figuren Sätze aus »Der Schrei der Eule« sprechen läßt (»Ich sah Hans eine Treppe herunterkommen / Er war sehr abgemagert / In kurzen Hosen / Es war mein kleiner Bruder, der gestorben war«), oder Wim Wenders, der in einem seiner Filme ein Kino zeigt, welches gerade »Das Zittern des Fälschers« auf dem Programm hat – das aber, bis jetzt jedenfalls, nur ein Highsmith-Buchtitel ist ... So braucht man sich nicht als Wegbereiter aufzuspielen, wenn man sagt, daß man beim Lesen ihrer Bücher, so verzweifelt und ohne Hoffnung diese auch sein mochten, das Gefühl hatte, im Schutz einer großen Schriftstellerin zu sein.

»Große Schriftstellerin«, das ist ein leicht fertiges Wort – schwierig zu belegen. Wenige ihrer Sätze sind nämlich so zitierbar wie etwa Sätze aus Gedichten; die meisten beschreiben nur, was jemand tut oder sieht, in der simpelstmöglichen Form, oder geben Dialoge wieder. Auch die Gefühlsbeschreibungen sind wie Berichte von einer einfachen Bewegung oder einem Innehalten in einem übersichtlichen *Außen*raum. »In diesem Moment haßte er alle hinter sich.« – »Er wurde plötzlich traurig.« – »Es war Eifersucht, die David vom Schlafen abhielt, ihn von einem zerwühlten Bett aus dem finsteren, stillen boardinghouse hinaus auf die Straße trieb ...« – Mit diesem letzten Satz beginnt »Der süße Wahn«: Wenigstens die *Titel* ihrer Bücher – »Der Schrei der Eule«, »Das Zittern des Fälschers«, »Tiefe Wasser« – könnten Gedichtzitate sein; und übrigens stammt »Der süße Wahn« wirklich aus einem Gedicht, von – Patricia Highsmith. (»Um die Titel zu finden, muß ich in einer poetischen Stimmung sein«, sagt sie selber.) Diesen Poem-Titeln folgen allerdings die prosaischsten Beschreibungssätze, »nicht schön, aber genau« (Patricia Highsmith), und also – schön. Am Anfang von »Der Schrei der Eule« sitzt Robert, der Held des Romans (ein Mann um die dreißig wie fast alle Helden der Highsmith), in einem Lehnstuhl und liest ein Taschenbuch über amerikanische Bäume. »Die klare, faktische Prosa erfrischte ihn«, heißt es. »Er wendete die Seiten mit Vergnügen ...« Man kann sicher sein, daß sich Patricia Highsmith da über ihre eigene Arbeitsmethode geäußert hat – wenn es bei ihr auch um die Bewußtseinssprünge von Menschen geht, statt um die Rinde von Bäumen. Eine Seite später, in demselben Buch, denkt ein Mädchen über Dostojewskis »Die Dämonen« nach, die sie gerade liest und zum Teil nicht versteht: »Aber sie bezweifelte nicht, daß, wenn sie das Buch zu Ende hätte, oder ein paar Tage danach, sie eines Abends in der Badewanne sitzen oder das Geschirr abwaschen würde, und es würde alles klar und unausweichlich werden.«

Auf den ersten Blick unterscheidet sich die faktische, fast metaphernfreie Prosa der Highsmith wenig von dem Großteil der amerikanischen Romanliteratur, in der sympathischerweise die Schriftsteller am Ende eines Arbeitstages die Worte zählen, die sie geschafft haben: Sie ist handwerklich bestimmt, ein Satz wird an den anderen gefügt. Und doch erscheint bei ihr dieses Handwerk nicht, wie bei so vielen Amerikanern (etwa Hemingway oder James M. Cain), als höchstpersönliche Stilattitüde, sondern als ein Mittel, die Aufmerksamkeit von den Sätzen völlig auf die seltsamen und doch, gerade durch die stillose, nichts *erklärende* Sprache, ganz selbstverständlichen Handlungen der Personen hinzulenken.
In den »Zwei Gesichtern des Januar« trifft der junge Amerikaner Rydal Keener in einem Hotelflur auf einen Mann, der einen Toten hinter sich herschleift. Ohne zu überlegen, faßt er den Leichnam unter den Schultern und trägt ihn mit dem Mann in einen Lagerraum – und so beginnt eine Geschichte, die unglaublich und einleuchtend zugleich ist... (»Ohne zu überlegen« – das steht nicht bei der Highsmith. Ihr wäre so ein Nebensatz ein überflüssiger Kommentar!)
In »Tiefe Wasser« sagt Vic van Allen zu einem Liebhaber seiner Frau unversehens, einen früheren Galan hätte er bereits ermordet – obwohl das nicht wahr ist. Und aus diesem dahergeredeten Satz ergibt sich die klar beschriebene, letztlich tödliche Verwicklung. Als Vic sich einige Zeit darauf mit dem nächsten Liebhaber in einem Swimmingpool befindet, hat er Lust (wie viele von uns immer nur »Lust zu etwas« haben, ohne etwas wirklich zu tun), ihn unterzutauchen, »und eben als er daran dachte, schwamm Vic auf ihn zu...«

Seit Dostojewski hat kein Schriftsteller dem durchschnittlichen Leser so viel freundlichen Kundendienst erwiesen mit Mitteilungen über die Körpergröße des jeweiligen Helden, seine Augenfarbe, seine Berufstätigkeit, seine Hobbys, seinen bisherigen Lebenslauf. Spätestens nach zwanzig Seiten, mögen die Romane noch so rätselhaft anfangen, sind alle äußeren Verhältnisse geklärt, so, als hätte ein unsichtbarer Leser dazwischengefragt: »Wie sieht der eigentlich aus?« (»Er war ein schlanker, dunkelhaariger Mann, ruhig, mit langsamen Bewegungen«) oder: »Was hält er denn vom Leben?« (»Er glaubte, daß die Welt keinen Sinn hätte ... und daß die menschlichen Errungenschaften ... kosmische Witze wären, wie die Menschen selber ...«) oder: »Leben seine Eltern noch?« (»Seine Eltern waren gestorben, zuerst seine Mutter kurz nach seiner Geburt, und dann sein Vater, als Carter fünf war, aber da hatte ihn sein liebevoller, kinderloser, umgänglicher Onkel Tom zu sich nach New York genommen«).

So erfährt man aus den Büchern der Highsmith, im Gegensatz zu vieler zeitgenössischer Literatur, wie aus einer mündlichen Erzählung alle äußeren Daten über ihre Helden (»old-fashioned« nennt sie selber ihren Stil) und wird doch nichts verstehen, wenn man die Handlungen der Akteure an den üblichen Alltags-Welttheorien mißt. (Warum ruft Ray in »Venedig kann sehr kalt sein«, als er auf offener Straße plötzlich angeschossen wird, nicht die Polizei, sondern läßt sich ins Hotel fahren und betrachtet von seinem Zimmer aus, einen Drink in der Hand, das Panorama von Rom? – Warum geht der Schriftsteller im Roman »Das Zittern des Fälschers«

nicht nachsehen, als er in der Nacht seine Schreibmaschine aus dem Haus gegen den Kopf eines draußen lauernden Arabers geworfen hat, ja fragt nicht einmal nach ihm, als der Araber am nächsten Tag nicht mehr auftaucht?)

Die Romane der Highsmith sind einleuchtend geheimnisvoll und dabei so einfach wie Erzählungen in Liedern; Entsprechungen nicht nur zu den Storys, sondern auch zu dem Lebensgefühl in vielen neuen amerikanischen Songs sind leicht festzustellen. Paul Simons »Duncan« geht zum Beispiel so: »Das Paar nebenan / will wohl einen Preis gewinnen / Sie tun's schon die ganze Nacht / und ich versuch ein bißchen zu schlafen / aber diese Motelwände sind billig / Lincoln Duncan heiß ich / und hier ist mein Song: / Mein Vater war ein Fischer / Meine Mutter war des Fischers Freundin / und ich wurde geboren in der Langeweile / und im Fisch-Eintopf . . .«

Mit diesem Lied, dessen Sätze man ähnlich fast alle bei der Highsmith wiederfinden könnte, sind zugleich auch deren hoffnungsschwache und doch lebenswütige Helden beschrieben, von dem selbstmordbestimmten Maler Theodore in »Ein Spiel für die Lebenden« bis zu dem leukämiekranken Bilderrahmenhändler Jonathan in ihrem letzten Buch, »Ripley's Game«. Einen anderen Typus ihrer Akteure bezeichnet exakt Randy Newmans Südstaatenlied »Birmingham«: »Ich habe eine Frau, habe eine Familie / verdien' mein Geld mit meinen Händen / bin ein Walzarbeiter in einer Stahlfabrik / in der Stadt Birmingham /Mein Daddy war ein Friseur / . . . Meine Frau heißt Mary / aber man nennt sie Marie / Wir leben in einem Dreizimmer-Haus / mit einem Pfefferbaum ...« Und plötzlich: »Hab einen großen schwarzen Hund / und der heißt Dan / lebt in meinem Hinterhof in Birmingham / und ist der böseste Hund von Alabam' / Faß sie, Dan!«

Diese beiden Akteurstypen treten in den Büchern der Highsmith entweder als Paar auf, das einander bekämpft und doch nicht voneinander kann (meist wegen einer Frau), oder sie sind, häufiger, vereinigt in ein und derselben Person: friedliebend, weltoffen – und unversehens sprachlos gewalttätig, in einem persönlichen Weltkrieg gegen alle. »Weltkrieg«: Ihre Erlebnisse werden von der Autorin von Anfang an so ernst genommen wie sonst Staatsaktionen von den Geschichtsschreibern, so daß sie in der Tat als »private Weltgeschichte« erscheinen (ein Ausdruck Kafkas in einem Brief an Ottla), und zwar nicht nur wegen der häufigen Erwähnung des Datums und des Vergehens der Zeit – »Am 2. Mai bekam Robert einen Brief ...« – »Hazel und Timmie waren verreist für drei Wochen und zwei Tage ...« – »Ihr Flugzeug sollte landen um 19.10 ... Um 19.30 hatten sich seine Gedanken völlig verändert ...«, was man bei der Highsmith gerade wie in Historienbüchern mit dem Gedanken liest: Ah, da hat der Krieg noch nicht begonnen! ...

Die Gewalt »dann endlich« in den Romanen der Patricia Highsmith wird fast nie mit Vorsatz ausgeübt. Wo sie geplant ist, oder unumgänglich, wie vor allem in den ersten beiden Ripley-Büchern, wirkt sie, gerade als In-die-Tat-Umsetzen von bereits Vorausbedachtem, seltsam unwirklich, marionettenhaft. (Deshalb sind diese Bücher wohl auch ihre schwächsten.) Sonst aber geschieht die Gewalt in der Regel einfach so, wie sich die

Sätze aneinanderreihen – sie passiert, meist ohne Waffe, mit den bloßen Fäusten, und der den anderen schlägt, will nie mit dem ersten Schlag töten, weiß in der Regel nicht einmal nach dem Ende des Kampfes, daß der andere tot ist. Die Gewalttätigkeit war vielleicht sogar gegen niemand Besonderen gerichtet, sondern nur das Ausleben einer lange beschriebenen Enttäuschung.
Diese Enttäuschung der Helden über eine mörderische Umwelt, in der man seine doch vernünftigen Leidenschaften nicht verwirklichen kann, hat so lang angedauert, daß endlich die Gewalt als letzte vernünftige Leidenschaft übrigbleibt. Sie wird denn auch weniger mit Wut ausgeübt als aus einem elementaren Ekel. Weil keine noch so kleine Vorgeschichte dieses Ekels weggelassen ist, liest man die Romane wirklich als private Weltgeschichten, aus der Sicht von Betroffenen.
Patricia Highsmith schreibt aus der Sicht von Betroffenen für die Betroffenen: Sie sammelt so viele Einzelheiten aus deren (aus meinem, aus unserem) Leben, als gälte es, ihnen (uns) ein stichfestes Alibi zum Weiterleben zu besorgen. Viele ihrer Helden, auch wenn sie jemand umgebracht haben, bleiben denn auch ungeschoren: »Wir werden nicht aufhören, Sie zu beobachten, Carter«, sagt zwar der Polizist in »Die gläserne Zelle«; aber der folgende Satz ist schon der Schluß-Satz: »›Oh, ich weiß das‹, sagte Carter. ›Ich weiß.‹«
So könnte man in ihrer Prosa Modelle zu Alibis für die unfreiwillige Gewalt sehen, allerdings zu sinnlich-glaubhaften, im Gegensatz zu all den Gewalt-Theorien, und das Wort »Alibi-Duktus« beschriebe gleichzeitig die formale Methode ihrer Bücher: »Ich ging von der Rainbow Bar sofort nach Hause. Ich duschte und schlum-

merte ein bißchen. Um sieben herum ging ich weg, um etwas zu essen. Dann schaute ich einen Film an...«

»Im Schutz einer großen Schriftstellerin« wurde anfangs gesagt, und ich meine das immer noch nicht erklärt zu haben. Aber ich kann dafür dieses Schutzgefühl beschreiben, das ich oft gegen Ende ihrer Bücher empfand, auch wenn schon die Katastrophe bevorstand: Es war, nach so viel Zeit, die man mit so viel faktischen Sätzen aus der eigenen Umwelt zugebracht hatte, die Gewißheit, daß jemand schreibend *aufpaßt, wie er lebt.*

Und erlösend selbstverständlich kann die Highsmith denn auch am Schluß von der Strenge der Beschreibungen lassen: Nicht gewollt, sondern wie kreatürlich ausgeatmet, oft in einem Absatz für sich, stehen dann die bis dahin so gemiedenen poetischen Sätze da, in einem ruhigen, stolzen Pathos. »Er lächelte in Wilsons grimmiges, ärgerliches, Die-Welt-schuldet-mir-meinen-Lebensunterhalt-Gesicht, das ein Widerschein von dem kleinen, trüben Gehirn dahinter war, und Vic verfluchte es und alles, wofür es stand. Still, und mit einem Lächeln, und mit dem, was von ihm übrig war, verfluchte er es.« So endet zum Beispiel »Tiefe Wasser« ... Und bevor sich David Kelsey im »Süßen Wahn« von einem Hochhaus fallen läßt, erfolgt der fast unübertragbare Absatz: »Nothing was true but the fatigue of life and the eternal disappointment.«

Von denen, die schreibend, filmschauspielend usw. mit Gewalt umgehen, sagt man oft, sie seien persönlich »sanft«, »gutmütig«, »täten keiner Fliege etwas zuleide«... Patricia Highsmith »persönlich«, als hätte man sie allzuoft und doch nie ernsthaft danach gefragt, beeilt sich, auch ohne Frage, zu erklären, daß sie noch nie jemandem den Tod gewünscht habe.

Daß in ihren Büchern fast immer jemand ums Leben käme, sei »eine Gewohnheit« von ihr ... Sie ist in Texas geboren. Ihre Mutter verließ den Vater kurz nach der Entbindung und zog mit einem anderen Mann zusammen, der Reklame in den Branchentelephonbüchern für Wäschereien, Fuhrunternehmen usw. zeichnete. Patricia Highsmith haßte diesen Stiefvater. Eine Zeitlang lebte sie bei ihrer Großmutter in Texas; dann kam sie nach New York zu ihrer Mutter. Weil sie einen Südstaatenakzent hatte, sprach sie dort fast nur mit schwarzen Kindern. An der Highschool nahm sie als einziges Mädchen an einem Zimmermannskurs teil. Mit ihrem ersten verdienten Geld (Comic-Texte) zog sie sofort in ein eigenes Appartement. Von ihrer Mutter – obwohl doch alle ihre Bücher von der Selbstverständlichkeit der Unlogik handeln – spricht sie ein wenig ungehalten als von jemand »Unlogischem«. Als ihr selber auffällt, daß die Familiensituation ihrer Kindheit (zwei Männer, eine »unlogische« Frau) der Grundkonstellation vieler ihrer Romane entspricht, sagt sie: »Ach, diese Geschichten mit den Eltern – sie sind so langweilig und hören doch nie auf ...« Einmal lebte sie mit einem Mann zusammen, einen Monat lang. Auch Freunde könne sie höchstens ein paar Tage ertragen; dann brauchte sie wieder das Alleinsein, die Beschäftigung im Garten, »for daydreaming«: Ohne Zeit für Tagträume sei sie unfähig, mit jemand ernsthaft zu verkehren ...

Auch die Helden ihrer Bücher sprechen oft von »Tagträumen«: »Tom arbeitete gelegentlich im Garten ... Es war eine körperliche Betätigung, und er konnte dabei tagträumen« (»Ripley Under Ground«). – »Sie ging gleich zu Bett, weil sie im Dunkeln liegen und denken wollte« (»Als die Flotte im Hafen lag«) . . . Und sobald ihre Helden an den lebenswichtigen Tagträumen gehindert werden, beginnen sie sich zu wehren gegen die Abtötung ihrer Phantasie. (Und dann erfährt man, daß Patricia Highsmith doch zumindest einmal jemandem den Tod gewünscht hat.) Ein Bild von ihr: An einem düsteren Nachmittag (in fast all ihren Büchern steht irgendwo der Satz: »Die Dämmerung brach schnell herein«) zu lange aufgehalten, beginnt sie in dem großen, sehr kalten Wohnraum von Montcourt gebückt, die Hände auf dem Rücken, auf und ab zu gehen, richtet sich nur auf, wenn sie hin und wieder niesen muß, und einmal packt sie die greinende Katze am Hals, wobei sie, wie erstickt von der fremden Anwesenheit, fast wirklich zudrückt, und setzt das Tier dann doch behutsam woandershin.

Karin Struck: »Die Mutter«

Als Karin Struck ihr erstes Buch schrieb, das im nachhinein »Klassenliebe« genannt wurde, hat sie nicht wissen können, wie sehr man sie anhören würde. »Klassenliebe« (1973) war ein seltener Erfolg; denn es wurde nicht gelesen als ein Kunststück, vor dessen Hersteller man doch immer noch Angst oder wenigstens Fremdheit empfindet, sondern als etwas angstlösend Unhergestelltes, als an einen persönlich gerichteter Brandbrief.
Karin Strucks zweitem Buch nun ist sehr anzumerken, daß sie inzwischen angehört wurde: Sie ist anders geworden – indem sie schreibt wie früher. Das Höchstpersönliche von »Klassenliebe« hat sie in der »Mutter« als Rolle angenommen – das Ungearbeitete, Dahingeschriebene erscheint jetzt als hergestellt. An »Klassenliebe« war nur der hinzugefügte *Titel* schematisch; »Die Mutter« aber ist schon ein durch und durch schematisches *Buch* – das Höchstpersönliche als Schema.
Jede Einzelheit richtet sich so panisch nach dem Titel aus, daß schließlich nichts Einzelnes mehr zum Lesen freibleibt. Sogar die vielen Widersprüche, die ihr in »Klassenliebe« noch notwendig unterliefen als von ihr (wie von uns andern) erlittene, weil gesellschaftliche oder – geboren werden, sterben – existentielle, entwirren und entwirklichen sich hier, indem sie bewußt gegeneinandergestellt sind, zum bloßen Rollenspiel. Und noch die kleinen methodischen Unterschiede zum ersten Buch bezeichnen das Rollenverhalten, in das sich Karin Struck nun (von der Kritik? von den antworten-

den Lesern? von sich selber?) hat verpuppen lassen; die Ansätze zur Abstraktion beschränken sich nämlich auf das Weglassen von aktuellen Namen aus dem Kulturleben: Statt, sagen wir, »Max von der Grün« schreibt sie jetzt, ihrer eigenen Rolle gehorchend, »ein Schriftsteller« oder »ein Freund«, und während im ersten Buch der *Geliebte* verschlüsselt wurde, verschlüsselt sie nun: »Der russische Schriftsteller S.«

Nur bereits als unverlierbares Kulturgut anerkannte Leute werden namentlich vorgebracht, freilich immer nur so fallengelassen in der Gedankenlosigkeitsflucht der Sätze: »Ich erinnere mich an den Beginn eines Kapitels im ›Kapital‹, darin war von Abnutzung und Verschleiß der Arbeitskraft die Rede.« Wie hier durch die völlig sinnlose Erwähnung des »Kapitals«, wird immer wieder in der »Mutter« die eigene Ausdruckslosigkeit weggebetet in Formeln wie »Camus behauptet«; »James Joyce habe ...«; »die Frauen in den Filmen Bergmans«; doch es werden nur die Namen benutzt, ohne nähere Aufmerksamkeit für eine Einzelheit.

Karin Struck als Rolleninhaberin (in der »Mutter« heißt sie Nora Hanfland und wohnt mit einem Mann und zwei kleinen Kindern zur Untermiete in einem Taunusdorf) teilt auch den andern »um sie herum« nur Rollen mit längst bekannten Geschichten zu. In Karin Strucks Rollenbuch ist Nora Hanfland die erleidende Heldin; die anderen treten entweder als gestaltlose Souffleure oder Doubles der Hauptrolle auf (die Mutter, der Ehemann Heinrich, die Freundin Judith) oder als ebenso gestaltlose Widersacher, bei denen die bloße Standes- oder Berufsbezeichnung als Kennzeichen dafür genügt, daß es Bösewichte sind: »Der Vermieter«, »Der progressive

junge Schriftsteller«, »Der Professor«, »Die Oberhebamme« ...
Nichts gegen eine Denunziation, die das Ergebnis von Wahrnehmungen ist – Karin Struck aber denunziert a priori, ohne Wahrnehmung, wartet mit geschlossenen Sinnen immer nur auf den einzigen Satz, der ihr die Zeitgenossen zu Angeklagten macht. Und das geschieht jeweils so vorschnell, als sei Nora Hanfland, um Heldin sein zu können, auf solche Angeklagten angewiesen: »Alles drohte zusammenzufallen, sagt die Augenärztin (von einem restaurierten Bauernhof), aber es war sehr romantisch, sagt die Augenärztin«, – und sogleich erfolgt Noras Urteilsspruch: »Ja, das ist deren verkommener Begriff von ›romantisch‹.«
Eigene Namen werden den Personen nur zugeteilt, wenn die literarische Konvention schon dem Beruf des Betreffenden Sympathie vorschießt: der »Heimarbeiterin Maria Roos«, der »Bäuerin Anna Blum«, der »jungen Hebamme Marie«, von denen man übrigens auch nicht mehr erfährt als von den Namenlosen. Und die überhaupt nicht sprechen können, von denen sich die Heldin demnach weder im Vorübergehen die Lebensgeschichte erzählen lassen kann noch den einen Satz, der sie schnell zu Schurken macht (die stummen Kinder, die ausländischen Arbeiterinnen) – die werden kaum wahrgenommen, nur so erwähnt.
Die Beobachtung der Kinder etwa beschränkt sich im wesentlichen darauf, daß sie lieblich sind im Schlaf und greinen und ihren Haufen machen, wenn sie wach sind. Vor jeder Wahrnehmung steht die bloße Deklamation: »daß wir kämpfen für die Wertschätzung der Mütter, der Kinder, der Kinderreichen, daß wir Mütterlichkeit

auf unsere Fahnen schreiben«. Von der Kinder-Erforscherin, die Nora werden will, gibt es, in dem Buch wenigstens, keine Belege.
Und wenn einerseits von dem Ekel der Heldin vor den Frauen in den Supermärkten die Rede ist oder vor den »körperlosen Kopfarbeitern« (es bleibt schwerlich jemand ein ganzes Buch hindurch so körperlos wie diese Nora, wie oft sie auch von Feuchtigkeit, Fruchtbarkeit und Erotik spricht) und andrerseits von ihrer »Verbundenheit mit einer hochschwangeren Türkin im Zug«, dann ist es nicht mehr weit zu dem verlogensten Selbstzeugnis des letzten Jahres, dem des Filmemachers Straschek in der Zeitschrift »Filmkritik«, dessen Essenz der Satz ist: »Ich bin höflich, stehe bei Gastarbeiterinnen in der U-Bahn auf und nenne dafür Rainer Werner F. ein ›mieses Ausbeuterschwein‹.«
Den durch Rollenzuweisung um ihr Leben betrogenen Personen entspricht auch der bloß theatralische Handlungsverlauf des Buches. Die Heldin Nora, befangen in sich selbst, will sich anderen zuwenden: Sie nennt das ihren »Gang zu den Müttern«, ist aber in Wahrheit überall nur zu Besuch. (»Nora besucht ...« unterläuft der Autorin oft, ohne daß es ihr bewußt wird.) So besucht sie eine kinderreiche Frau und *läßt reden*, so wie jemand sich im Restaurant das Essen auftragen läßt, ohne Nachfragen auf das einzelne, Bezeichnende. Dann läßt sie sich von einer fünfzehnfachen Mutter aus dem Gefängnis einen Gefangenenbrief schreiben mit den üblichen Selbstrechtfertigungen, auch hier ohne Zwischenfrage auf das Unübliche hin. Von der eigenen Mutter läßt sie sich deren Lebensgeschichte erzählen, die so fernsehdokumentarisch ausdruckslos bleibt, als sei sie

nicht für die Tochter Nora bestimmt, sondern umweglos für das vorliegende Buch.
In Berlin hospitiert die Heldin ein paar kurze Tage lang in einem Kreißsaal. Sie nimmt gute Handwerker wahr, aber keine Menschen. Der Chefarzt erinnert sie an Mephisto: Vorarbeiten zu einer Reportage stilisiert sie so zu Rhetorik. Sie scheint nur gekommen zu sein, um auf verräterische Ausdrücke des »Professors«, »der Medizinstudentin«, »einer Horde von Hebammenschülerinnen« zu horchen. Sie erkennt: »Diese halbherzigen Gespräche sind unmenschlich« – setzt ihre *Gänge* aber fort: Es folgt »der Gang zu den Hebammen« ... Die Freundschaft zu dem Mädchen Judith wird alsbald (die Beschreibung Judiths beschränkt sich darauf, daß ein nettes Lachen auf ihrem Gesicht ist) zu »sapphischer Liebe« entwirklicht.
Schließlich begibt sich Nora auf den Gang in die Heimat: Sie fährt mit den Eltern in deren Kinderland, ins heutige Polen. Auch dort läßt sie wieder nur dahinreden, ohne die Redenden wahrzunehmen: der Krieg, die Flucht, die Vergewaltigungen. So haben unsere Eltern seit je Geschichten erzählt, aber sind es die Geschichten unserer Eltern? Ein einziges Mal ein Blick auf den Vater: Er hat ein »ergriffenes Gesicht«. Erkünstelte Schwärmerei ersetzt die Aufmerksamkeit für ihn.
Am Schluß ist Nora wieder auf einem Gang: Als Große Mutter will sie, ihre Kinder auf dem Rücken, den kargen, ärmlichen, steinigen Taunus durchwandern, auf der Suche nach dem Volk und einem fruchtbaren Tal, – aber nichts von ihrer Großen Mutter ist in ihrer Geschichte poetisch konkret geworden: Sie bleibt Propaganda, bloße Umkehrung des blödsinnigen Penisneids. In Noras

theatralischer Geschichte wird selbst die Natur, in der sie gebären und selbst wiedergeboren werden will, zu einer konventionellen Bücherlandschaft.
Und Deklamation bleibt vor allem die in dem Buch ersehnte Bewußtseinslandschaft, die Poesie. Karin Struck verpaßt in ihrer eifervollen Unaufmerksamkeit, die immer sogleich auf Poetisches aus ist und deshalb so poesielos bleibt, vielleicht gerade die Momente, da während des definierten Rollenspiels in einer Art von *Versprecher* kleinwinzig und weltbewegend jene nicht definierte, noch unbekannte Geschichte erscheint, deren Aufspürung und Beschreibung die Arbeit der Literatur wäre.
In der »Mutter« wird, wie schon in Peter Schneiders »Lenz«, die unleugbare Lebensschwierigkeit der Hauptfigur entwirklicht zu beliebten, nur modischen Satzposen. Die scheinbare Lebens-Intensität der kurzen Hauptsätze Karin Strucks erweist sich beim Lesen Satz für Satz als bloße Schreib-Automatik: »Sie fühlte dann Rosa ganz *schwer* in den Armen wie einen schweren Sack. Der neugeborene Säugling war *leicht* in ihren Armen, eine Flaumfeder. *Die Vögel* morgens um fünf. Nora füttert das Kind wie ein *Kalb*...« Oder: »Die Sätze hallen gegen *Eiswände*. In *Eis* und Schnee wäre ich so heimatlos, daß ich schon wieder geborgen wäre. Heinrich sagt, die *Eiszeit*höhlen an der Lahn sind an Kiesgrubenunternehmer und Bauunternehmer verkauft und von ihnen abgerissen worden. Die Gebärmutter ist die *Alte Zeit*. Der Uterus ist ein überflüssiger Muskel, sagt der Professor. Alle *Höhlen* abreißen, sagt der Professor...« (Die Hervorhebungen stehen nicht im Original.)

Das Buch »Die Mutter« ergrimmt so, weil es pauschal propagiert, poetisch das Leben zu ändern, in jeder Einzelheit jedoch servil von den schon bekannten psychologischen, soziologischen und vor allem *poetischen* Definitionen des Menschen abhängt. Statt »die Axt für das gefrorene Meer in uns« zu sein (auch dieser Kafka-Satz ist bei Karin Struck zu bloßer Beliebtheit entwürdigt), vermehrt es das Eis in uns und zwischen dir und mir.

Persönliche Bemerkungen zum Jubiläum der Republik

Als der Staatsvertrag erreicht wurde, war ich 13 Jahre alt, und es hieß, daß Österreich nun frei sei und daß die Besatzungsmächte das Land verlassen würden. Ich aber – und wenn ich ab jetzt ich sage, bin das hoffentlich nicht ich allein – fühlte mich in dem befreiten Land alles sonst als frei, und es gab ganz andere Besatzungsmächte, als die so genannten, weitaus realere, weitaus bedrückendere.

Der Staatsvertrag wurde von unsereinem eher als sportliches Ereignis aufgenommen, das man neugierig verfolgt, solange es im Fernsehen übertragen wird. Aber wenn man abschaltet, ist man in seiner eigenen Welt wieder ganz verriegelt. Diese eigene Welt war ein Österreich, in dem man sich auch ohne Russen und Engländer besetzt fühlte, von den Besatzungsmächten der materiellen Not, der Herzenskälte der Religion, der Gewalttätigkeit von Traditionen, der brutalen Gespreiztheit der Obrigkeit, die mir nirgends fetter und stumpfsinniger erschien als in Österreich.

So hat der Staatsvertrag für mich und meine Familie zum Beispiel und alle, die in einer ähnlichen Lage – nicht lebten, sondern sich eher durch die Jahreszeiten durchschlagen mußten – keine Konsequenz gehabt.

Der Lohn für die Schwerarbeit des Familienvaters, der mit einem Lastwagen Baumaterial zu den Bergbauern brachte, blieb immer noch ein widerwärtiges Almosen. Die Mutter war genötigt, Naturalien wie Kartoffeln, Kohlen usw. durch Fremdarbeit, als wahre Fremdarbei-

terin auf den Feldern, dazuzuraffen. Dem Bruder, der als Jugendlicher in der Kirche bei einem Palmbuschen von vier Ringen einen aufschnitt, damit gemäß dem Brauchtum die ungerade Zahl erreicht sei, wurde der Prozeß gemacht als Gotteslästerer. Und ich zum Beispiel, nur zum Beispiel, wurde im Internat sorgenvoll betrachtet, wenn ich an einem Morgen nicht zur Heiligen Kommunion trottete.
So wurde weiterhin gebeichtet und kommuniziert, nur damit die Zeit der Unfreiheit irgendwie verging. Aber so schnell ist die nicht vergangen. Noch auf der Universität – um das lebensnotwendige Stipendium zu kriegen – mußte man Prüfungen machen, die nur dazu eingerichtet waren, die für das Stipendium notwendigen Punkte einzuhamstern. Es gab keinen Professor, zu dem man auch nur eine kleine Art von Vertrauen haben konnte. Man traf nur Fachidiotie, Witzeleien über Kunst und Unwissenheit über Literatur, und damit auch Verachtung des Lebens.
Das soll ja jetzt ganz anders sein.
Ich lebe seit neun Jahren nicht mehr im befreiten Österreich, und die Erinnerung hat nicht verklärt, eher die Abwehr vernünftig gemacht. Bei jedem Besuch, kaum daß im Flugzeug zum Beispiel die österreichischen Zeitungen ausgeteilt werden, aus denen der Eigendünkel einem entgegenbrutzelt, und man nichts als gesichtslose Geschäftsmenschen mit ihren schwarzen Aktenköfferchen vor und hinter sich hat, unterschieden von allen sogenannten »Machern« in der weiten großen Welt nur dadurch, daß die leeren Allerweltssätze im österreichischen Dialekt gesprochen werden, packt einen sofort die alte, tödliche Unfreiheit aus der früheren Zeit.

Aber das Land ist für jemanden wie mich aus der Ferne wichtig geworden.
Ich denke oft an die Hügel mit den Fichtenwäldern und an all die lebendig begrabenen Leben in dem vielfältigen Land, die nicht das Glück gehabt haben, sich wenigstens halbwegs freizuschaufeln wie zum Beispiel ich. Ich bin Schriftsteller geworden und habe mehr denn je das Gefühl, es den anderen schuldig zu sein, für sie zu schreiben. Es geht gar nicht anders. Ich bin kein Revolutionär, von dem man sagt, er müsse sich im Volk bewegen »wie ein Fisch im Wasser«. Aber ich spüre doch beim Schreiben immer mehr die Notwendigkeit, dem Land, ohne das ich ja nicht das wäre, was ich schlecht oder recht geworden bin, möglichst nahe zu sein und dem sogenannten Volk, von dem ich ja ein Teil bin; dabei doch die Distanz und nötige Befremdung bewahrend, ohne die man über ein Land nicht gerecht schreiben kann.
Wenn ich jetzt in Österreich bin, fühle ich manchmal ein schönes Einsinken in dieses Land, fühle mich fast optimistisch, als einer unter anderen, höre sogar manchmal die Kirchenglocken mit Freude und schüttle mich doch, wenn die Welt im Fernsehen wie eine amerikanisierte Lipizzaner-Show erscheint, wenn Soldaten zu Tode geschunden werden, wenn im slowenischen Kärnten zweisprachige Ortstafeln umgeworfen werden usw.
Beides gehört zu dem Land.
Ich liebe Österreich ... nicht, denn ein Land kann man nicht lieben, höchstens Menschen. Aber Liebesgefühle zu Menschen sind unfrei in einem Land oder Staat, in dem man sich unfrei fühlt, weil es noch so viele geheime Besatzungsmächte gibt. Und ich habe Lust, durch meine

Arbeit die mörderische Gewalt dieser doch eigentlichen Besatzungsmächte vermindern zu helfen; das kann man allerdings nicht mit einem Staatsvertrag erreichen.

Vor zwei Jahren, 1988 (glaube ich), bei meiner letzten Interrail-Reise habe ich im Zug 2 Deutsche, ein Mädchen u. einen Burschen, die einander nicht kannten und auch aus verschiedenen Gegenden waren, getroffen. Irgendwie kam das Gespräch auf Nation u. Nationalgefühl und dieses nicht haben dürfen etc. Der Bursche vertrat die Ansicht, daß die Deutschen als Weltwirtschaftsmacht, als EG-Mitglied/-Teiler in der Bundesrepublik u.s.w. sich nicht von anderen vorschreiben lassen sollten, ob sie ein Nationalgefühl haben dürften o. nicht und er ist auf ~~di~~ sein Land stolz und hat folglich ~~hat~~ bejaht auch ein Nationalgefühl. Und über diese ganze Problematik sollte man auf jeden Fall diskutieren dürfen.

(Als Folge dieser Diskussion u. dieser Ansichten sah ich persönlich dann die (zufälligerweise ~~recht~~ baldigst stattfindenden) Wahlerfolge der Republi-

Gelegenheitsgedicht

Endlich gegen Mitternacht
kommen die Söhne vom Kino
mit neuen Redensarten nach Hause
und die müden Eltern auf dem Sofa
lachen demütig mit

bauer (Rechtsextreme) unter Schönhuber,
der mit Reden von Nation, Ausfeindlichkeit
Gebietsansprüche an Polen, Vertriebenenrechte
usw. teilweise starke Erfolge hatte.)
Das Mädchen fragte dann mich, ob ich
als Österreicher ein Nationalgefühl hätte. Ich
weiß heute nicht mehr, was ich geant-
wortet habe. Heute sage ich, nein;
ein Gefühl f. <u>ganz</u> Österreich, möglichst posit
f. die Kulturen (Gegenden, Lebensumwelten
u. -abläufe der Menschen) vom Bodensee
beginnend, ~~bis~~ v. am Neusiedlersee endend kann
man, glaube ich, gar nicht haben. Sehr wohl
habe ich allerdings eine Liebe für meine
unmittelbare Heimat, Kreuzstetten, mit seinem
Hügelland u. mit seinen Leuten und
<u>ihrem Selbstverständnis</u>. Auch hatte ich,

Der Krieg ist nicht vorbei

Hermann Lenz: »Neue Zeit«

Es gibt ein neues Buch des Schweizer Schriftstellers Paul Nizon, in dem die Titelfigur, ein junger Mensch namens Stolz, den Kriegserzählungen seines deutschen Schwiegervaters zuhört: »Die Geschichte von der Ankunft zu Hause hatte Stolz schon wiederholt gehört, und er hatte sie, wie all die anderen Kriegsgeschichten, mit gemischten Gefühlen aufgenommen.« Mit eben diesen gemischten Gefühlen haben wohl viele von uns, geduckt vielleicht unter der feierabendlichen Wein- oder Bierseligkeit unserer Väter, deren nachträglichen Tischgesprächen lauschen müssen, bis die Ohren sausten vor der Unwirklichkeit der Vergangenheit und mit dem Hören und Sehen auch der Sinn für Geschichten und die Geschichte verging. Es gibt aber ein anderes, ein altes, ein Buch aus dem neunzehnten Jahrhundert, eines anderen Schweizer Schriftstellers, den »Martin Salander« von Gottfried Keller, wo die Titelfigur nach langer Abwesenheit von der Heimat in das sich erstreckende Land schaut und dabei erlebt, wie alle Schichten der Vergangenheit dieses In-Bild erst hervorbringen und die Gegenwart »verklären«. Und jetzt ist zu lesen das Buch »Neue Zeit« des schwäbischen Schriftstellers Hermann Lenz, welches eine lange Erzählung vom Vorkrieg und Krieg ist, wo aber die gemischten Gefühle, mit denen man die Lektüre beginnt, eigentlich schon nach dem ersten Absatz sich auflösen in die befreiende Gottfried Kellersche Verklärung: Die unerlebte Vergangenheit

österreichweit mal gesehen, unser politisches System zumindest teilweise für sehr gut (Sozialpartnerschaft z.B., Außenpolitik bis vor Mock (= jetziger ÖVP-Außenminister).

schwingt sich plötzlich auf in die bis dato langweilig vergehende Gegenwart, so daß diese als zukunftsmächtig – als machbar und bearbeitenswert erscheint. Das Martin-Salander-Erlebnis meint, so pathetisch wie möglich gesagt, das nüchterne Gefühl eines über-individuellen Glückes, das einen sich freuen läßt, zu einer bestimmten Zeit gemeinsam mit andern zu existieren und auch was dazutun zu können.
Das Kriegsbuch von Hermann Lenz ist das erste dieser Art, wo der Zweite Weltkrieg nicht in eine Vorzeit verschwindet, als eine letztlich doch besonnte Vergangenheit, sondern so atemberaubend gegenwärtig wird wie Kriege für meine »unerfahrene« Generation sonst nur in den Träumen. Dabei ist »Neue Zeit« selbstverständlich auch als bloße Information lesbar: Es gibt die bummelwitzigen Redensarten des fassungslosen Untertanentums ebenso genau wieder wie Kempowskis »Tadellöser & Wolff«; beschreibt das »*Schlacht-Erlebnis*« ausführlich wie Ernst Jüngers »Auf den Marmorklippen«; gibt eher noch mehr Beispiele von den täglichen kleinen Auflehnungen der in den Krieg Entrückten als Gerd Gaisers »Sterbende Jagd« – doch bleibt »Neue Zeit« zuletzt ganz unvergleichbar mit der vor Gefühls-Ängstlichkeit flachen Schnurren-Anthologie Kempowskis (das gilt nicht für sein Zuchthaus-Buch »Im Block«), mit der (ein Wort von Lenz) »gewaltsamen Unbewegtheit« Jüngers, dessen Held der »Marmorklippen« »beschließt(!), sich nicht mehr der Furcht anheimzugeben«, und unvergleichbar auch mit den in einem Orden zur Feier des mannhaften Todes entweltlichten Gaiserschen Jagdstaffel-Typen. Die Lenzsche Kriegsgeschichte berichtigt und, vor allem, *belebt* die bei den

Selbst wenn man das letzte politische System hätte, müßte man sein Land noch nicht lieben. Umgekehrt: Leute, die in einem für sie schlecht gefährlichen ~~Land~~ System (z.B. ehemalige Ostblock erwähnten Autoren – und übrigens auch die in den Geschichtsschreibungsbüchern – eingesargten Informationen, indem sie diese, verzerrt, detailvergrößert, mit Zeitsprüngen, alogischem Übereinanderschieben von wechselnden Menschengesichtern, lebenden und toten, noch einmal vor uns und für uns TRÄUMT. »Neue Zeit« erscheint so gegenwärtig, weil seine epischen Mittel die eines vom Autor mit wachen Sinnen behüteten Traums sind.

Dabei ist die Geschichte, bloß nacherzählt, nicht viel anders als die so unerhört tuenden oftgehörten: Der Held ist der schwäbische Student der Kunstgeschichte Eugen Rapp, der in Lenz' vorangegangenen Büchern »Verlassene Zimmer« und »Andere Tage« ein abwesend blickendes Kind und ein beiseitestehender Heranwachsender war. (Drei Eugen Rapps gibt's übrigens im Stuttgarter Telephonbuch ...) Noch ehe der Weltkrieg gemacht wird, ist er jemand, dem es vor dem Dritten Reich »weit nei graust«; und als man ihm zuträgt, daß das Mädchen, dem er geneigt ist, eine jüdische Mutter hat, freut er sich »arg«. In den Krieg zieht er nicht, er läßt sich eher in ihn ziehen, kaum bei der Sache, doch dem sogenannt Unausweichlichen fast widerstandslos ergeben – wie er ja bis dahin immer gelebt hat. Der Frankreichfeldzug erscheint noch wie eine Wanderwoche: Bei einem Schuß in den Wald ergibt sich eine ganze Kompanie ängstlich lächelnder Franzosen; ein befristetes Geborgenheitsgefühl in einer luxemburgischen Buchhandlung, wo man in Heinrich Manns »Henri Quatre« hineingucken kann; in Südfrankreich dolmetscht man und hat mit einem baskischen Notar beim Wein ein auch nur befristetes Gemeinschaftserlebnis.

leben, lieben ihr Land trotzdem noch -

Das traumhaft Scheußliche beginnt erst in Rußland, wohin der Eugen Rapp dann verladen wird. Der Hauptteil von »Neue Zeit« beschwört den die Jahreszeiten überdauernden Stellungskrieg in den russischen Sümpfen, welchen der Gefreite Rapp, ein Student unter bayerischen und österreichischen Bauernsöhnen und Handwerkern, vor Angst und hilflosem Abscheu nur noch träumerischer geworden, so irgendwie durchstolpert. Kurz vor Kriegsende wird er im westlichen Deutschland von Amerikanern gefangengenommen und in die USA zum Zuckerrübenhacken verschifft. Das Buch endet so schmerzhaft lakonisch wie Büchners »Lenz«: Es werden nur noch die äußeren Vorgänge zitiert, als gebe es in dem Eugen Rapp nichts Inneres mehr – als sei in einem etwas unheilbar zerstört. Es häufen sich dann die Zeitwörter der Leideform: »Er bekam eine Spritze ... er ließ es geschehen ... dann wurde er im Auto weggefahren ...« Der letzte Absatz beschreibt die Rückkehr in das »nach Leichen riechende Europa« mit drei kurzen Sätzen: »Er ging in Le Havre vom Schiff. Einer hielt ihn fest und sagte: ›Oh, nice ring!‹ Dann stieß er Eugens Hand beiseite: ›Broken stone!‹ «

Was diese in der Nacherzählung vertraut anmutende Kriegsgeschichte so wehtuend unvertraut macht, ist Hermann Lenz' »eigener Blick«: ein Blick, der nichts im voraus weiß und deshalb, statt versklavender Definitionen, befreiende, sachliche VISIONEN vom Leben der Menschen erreicht. Und dieser eigene Blick – das genau macht »Neue Zeit« uns Nachkommen gegenwärtig – erscheint fast völlig objektiviert in der Struktur der Erzählung. Die Grammatik der einzelnen Sätze entspricht auf eine wahrhaft unerhörte Weise den Empfin-

dungen des angstvoll mit andern durch den Krieg taumelnden, sich an die bedrohte jüdische Freundin erinnernden, sich nach einem Aus-Blick in die trügerisch freie Natur sehnenden Eugen Rapp. Mitten in den Sätzen springt auf diese Weise die Zeit um, wechseln die Orte, werden Gesichter vertauscht, versinkt ein Anblick vor einer Erinnerung, vergeht die Erinnerung vor einem Droh-Geräusch, wird das Geräusch verdrängt durch das Sich-Versenken in eine Photographie. »Diese Zeit war eine flach machende Zeit, und sonderbar sah jeder aus, der sich in einer solchen reckte, groß hinstellte wie beispielsweise Major Maier, dieser lange schmale Kerl mit großer Nase und nervös zuckenden Händen, während der breite Baresel bloß ein bißchen auf die Seite grinste ... und seine Frau auf einem Bildchen ansah, eine mit großem Mund, eine in einem Gärtnerschurz, die Rettiche aus kargem Boden zog ... sie schaute gebückt von der Seite her, anders als die Margret Schmöller, auf deren Seidenkleid ein Halsgehänge glänzte, als wäre es der Orden vom Goldenen Vlies.«
Der ehemalige Kunstgeschichtestudent Hermann Lenz sieht die im Krieg verlorenen Menschen wie gruppiert zu schmerzlichen Abschiedsbildern. Und in der Tat hat seine Prosa viel von der Technik klassischer Bildbeschreibungen – nur daß das äußerlich Technische an diesen bei Lenz ganz innerlich (existentiell) geworden ist, zu einem Lebensgefühl: Menschen und Landschaften als Bildbeschreibungen sind Auswirkungen des Existenz-Schocks durch den Krieg, wo mit dem verlorenen Zeitgefühl auch die anderen Menschen von einem weggerückt werden. Lenz' Roman ist ein Epos vom verlorenen Zeitgefühl und von den dadurch zerstörten Bezie-

hungen. Dem Eugen Rapp, der während des ganzen Krieges keine Uhr bei sich hat, doch andrerseits einmal lange in die tickende Pendeluhr des noch wie im Frieden ruhenden Elternhauses versinkt, erscheinen denn auch, je länger es Krieg ist, selbst die ihm Liebsten immer entfernter, als ob alles »aus grauem Stoff« sei; »also ungefähr wie Wespennester; so dieses Weiche, das an den Fingerspitzen wie ein Pulver oder wie Asche samtig war.« Solche Bild-Beschreibungen entrücken zum Beispiel den Vater, der ebenfalls, und zwar gern, Soldat geworden ist (und beim Abschied seine Frau militärisch grüßt, weil er sich in Uniform nicht mehr zu winken traut!); die Mutter, die ihrem Sohn »Portugal-Haarwasser« für den Urlaub aufspart und heimlich den Londoner Sender hört; und auch die Freundin, die als Halbjüdin zuletzt Münchner Straßenbahnen schrubben muß – als seien die alle schon lang nicht mehr da, und es gäbe nur noch diese letzten Bilder von ihnen.

Sogar die Natur wird im Krieg erlebt, als seien die Wälder, der Schnee, die Bäche bloße Überbleibsel einer anderen Epoche – stetig unter die Weltoberfläche sinkende ALTERTÜMER. »Das Himmelblau war wie angelaufenes Glas. Es blühten die Weißdornhecken... kahle Büsche waren unterlegt mit frischem Gras. Ein schwarzerdiges Gärtchen zeigte schmale Pflaumenbäume, hinter den Zäunen waren Wiesen bis zum Fluß gestreckt...« Und dem Eugen Rapp persönlich scheint es gegen Ende, »als ob er sich nun selber sähe, etwa in einem Stahlstich auf stockfleckigem Papier, weil doch der Himmel weißlich war und Regenwolken hatte«.

Die Menschen in »Neue Zeit« wirken so verklärt wie geliebte Tote, von denen man ja viele genauere Einzelheiten weiß als zu ihren Lebzeiten (für das Gesicht eines toten Russen wird einmal wirklich das Wort »verklärt« gewählt), und dem entspricht auch, daß, je näher die Leute dem Tode rücken, desto öfter in dem Buch ihre Namen umgestellt erscheinen, als stünden sie schon auf bayerischen oder österreichischen Grabsteinen: Steinhilber Georg, Kahler Willi – und selbst der Eugen Rapp nennt sich immer mehr Rapp Eugen ... So selbstverständlich (freilich nicht gewohnt!) sind die Totenstillleben schließlich geworden (»Vor dem Blockhaus lag ein Gefallener, wässrig gedunsen unter seiner Uniform; auch fehlte ihm der Kopf« – »Die Toten hatten grünlich gleißende Helme mit geschlossenem Visier bis übers Kinn, und diese Helme lösten sich immer wieder in brausende Fliegenschwärme auf«), daß endlich sogar die Beschreibung der noch Lebendigen so beginnt, als wären es in einer Traumlandschaft verlorene Leichname: »Und er ging vom Bataillonsstab weg, sah wiederum braunrote Kiefernnadeln, einen verfilzten Belag zwischen Wurzeln, welche Knochen glichen, sah das niedere Blockhaus ... vor dem einer, der eine schwarze Hornbrille trug ...« – nein, nicht verwest, sondern (man ist fast überrascht) sich den Oberkörper wäscht und also noch übrig ist ...

»Neue Zeit« ist aber kein Lobpreis eines apathischen Stoizismus – es beschreibt vielmehr, wie durch die Umstände solche Erstarrungen entstehen, und es zeigt korrigierend immer wieder des Eugen Rapp monumentale Ausbrüche aus der unheimlichen Biedermeierlichkeit: eben noch hat er sich, kleinklein, bei der Beschreibung eines fesch gebräunten Reserve-Offiziers aufgehalten, als der gewaltige nächste Absatz folgt: »Wenig später, am Freitag, dem zwölften August neunzehnhundertachtunddreißig, dachte er, es gebe keinen Gott, es existiere nur der Glaube an denselben; weil jetzt viele Synagogen zerstört wurden und tags zuvor, also am elften August neunzehnhundertachtunddreißig, die Nürnberger Synagoge abgerissen worden war ...«

Und Jahre danach, gleich nach einer eher kläglichen Beschwörung des Stoikers Marc Aurel, gesteht der Rapp Eugen lakonisch ein, daß er »ratlos und verzweifelt« ist. (Es ist das einzige Mal im Buch, und überhaupt im Werk des Hermann Lenz, daß dieses Wort gewagt wird.) Und auf der folgenden Buchseite (223) steht plötzlich, in Klammer!, der kleinste und allermächtigste Auflehnungssatz: »... und Erlösung gab es keine«; beharrend wiederholt auf der nächsten Seite: »Und, wie gesagt, Erlösung gab es keine.«

Eine Schwäche in dem sonst so unauflösbar dichten poetischen System des Buches ist allerdings offenkundig: die Schilderung der Machthaber; das Bild Hitlers. Dieser tritt auf als Unvermeidbarer, Unausweichlicher, vor dem es einem weit hinein graust, dem man sich aber, wie dem sogenannten Schicksal, zu fügen hat. Das eindeutig Fatalistische schwächt manchmal, vor allem zu Beginn, das undeutbar Poetische. Daß Machthaber schwitzen, »kellergesichtig« sind, eine Tolle in der bleichen Stirn kleben haben – und daß Eugen Rapp ihnen gegenüber jemand ist, der allein stapft, »wie es ihm zukam«, das mag für damals zugetroffen haben; aber es ist schade (und dabei traurig bezeichnend für den nachwirkenden Schaden, den das Dritte Reich auch bei seinen Verächtern angerichtet hat), daß es jetzt, noch immer, den eigenen Blick des Hermann Lenz und damit dessen

Sprache lähmt. (Wer, selbst der stärkste Hasser, wüßte nicht, wie viele kleine Gedanken und Taten ihm im Lauf eines unscheinbaren bürgerlichen Tages passieren, die aber doch im Keim mit den großen Gedankenlosigkeiten und Untaten des A. Hitler identisch sind?)
Wahr erscheint freilich einem Nachgeborenen, daß Hitler und die übrigen Machthaber, sobald der Krieg den Eugen Rapp wirklich aus der Fassung bringt und er nur »ganz nebulos« merkt, daß er noch lebt, in der Erzählung kaum mehr vorkommen: als gäbe es sie in diesen nichtendenwollenden Todes-Schrecken alle nicht mehr, sondern nur noch die staubigen Landstraßen, die Sümpfe, den wispernden Schnee und manchmal ein die fremdgewordene Weltgegend erweiterndes Licht, in welchem der Soldat Eugen Rapp jahrelang mit anderen, ebenso Ratlosen und Verzweifelten, kreuz und quer durch Europa »taumelt«, »stolpert«, »sich aufrappelt«, »wegrutscht«, »weiterwackelt«, »sich flach macht« und »weiterschlampt« ... Und das wie schon ewige angstvolle Dahintorkeln schließt am Ende so viele Einzelheiten aus unseren sogenannten friedlichen Leben mit ein, daß dieses Kriegsbuch ganz ungeplant zu einer ebenso sanften wie machtvollen Gegenwartsgeschichte wird.
Mit »Verlassene Zimmer«, »Andere Tage« und »Neue Zeit« gibt es jetzt drei Bücher über die erste Jahrhunderthälfte im südlichen Deutschland, die ein poetischer Geschichtsunterricht sind, voller Anmut, voller Würde.

Hermann Lenz, freier Schriftsteller

Es ist immer noch das Problem, daß ich nicht weiß, ob Sie die Bücher von Hermann Lenz kennen; Lenz ist ja ein Schriftsteller, von dem man weder sagen kann, er sei bekannt, noch er sei unbekannt: die einen wissen von ihm nur vom Hörensagen, bei den andern ist er fast berühmt, ohne daß man die einen oder die andern nun einer bestimmten Gruppe, Klasse oder Partei zurechnen könnte. Es gibt da eine Geschichte von William Saroyan, wo ein ziemlich anonymer amerikanischer Bürger andrerseits eine Berühmtheit ist, und zwar bei seiner Frau. Bei ein bißchen mehr Leuten ist Hermann Lenz schon berühmt, und sein Buch »Neue Zeit« hat wie sein Debut-Werk »Das stille Haus« sogar eine 2. Auflage erreicht – dazwischen gab es immerhin ungefähr 15 andere Bücher. So erlaube ich mir, von Hermann Lenz kurz so zu reden, als kennten Sie wenigstens ungefähr, was er geschrieben hat.

Lenz lebt nun seit über 30 Jahren als freier Schriftsteller, ohne natürlich von seinen Büchern leben zu können, und wenn ich manchmal neben diesem weißhaarigen Menschen einhergegangen bin, habe ich mich, bei all seinen Bedrückungen und Aufleuchtungen, die in Gesten, schwäbischen Ausrufen, in bloßem Gemurmel oder halben Sätzen sich äußern, doch gewundert, wie er es bis jetzt geschafft hat, durchzuhalten und ab und zu sogar ohne Zutun einen Ausdruck harter, fast aggressiver Würde zu kriegen, und gleichzeitig fällt mir ein, was ein etwa zwanzigjähriges Stuttgarter Mädchen, das von klein auf durch seine Eltern oft mit Lenz zusammenge-

wesen war, Trostloses sagte, als es von der Veröffentlichung von »Neue Zeit« hörte: »Was, der Onkel Hermann hat schon wieder ein Buch geschrieben!«
Ich kann mich an drei Träume in den letzten Jahren erinnern, wo Hermann Lenz vorgekommen ist: im ersten stand er im vorfrühlingshaft kahlen Hof einer balkonlosen Arbeitersiedlung in Stuttgart, er war von Beruf Kinobesitzer, und zwar führte er vor allem Kinos in den Vorstädten, eine ganze Kette, da wurden alte Kriminal- und Wildwestfilme aufgeführt. Er hatte auch etwas von einem mißtrauischen Geschäftsmann an sich, ein grobes, abweisendes Gesicht, dabei aber ein offenes weißes Hemd, und ich hatte das Gefühl, als sei dieser Geschäftsmensch bei all seiner offensichtlichen Tüchtigkeit mit seinem Beruf nicht zufrieden.
Der zweite Traum handelte weniger von Lenz als von seiner Frau: diese mußte, um für ihren Schriftstellermann Geld dazuzuverdienen, auf einem Karren Lebensmittel zum Markt fahren oder an die Geschäfte verteilen; sie war aber ganz einverstanden, weil sie, wie sie sagte, dabei an der frischen Luft sein konnte. (In »Neue Zeit« muß die jüdische Freundin des Helden Eugen Rapp Straßenbahnen schrubben.)
Im dritten Traum saß Lenz mit seinem Schreibtisch im Freien, an einem ziemlich abschüssigen Hang, und schrieb an der Schreibmaschine, und ich wunderte mich, daß er in dieser Lage schreiben konnte. Rund um ihn wuchs hohes, schütteres Gras, und in diesem Gras lagen überall bleichgekochte Hummer, die sich zum Teil noch bewegten und auf die ich, wie Lenz mir schreibend zurief, nicht treten sollte.
In all diesen Träumen erschien, auf jeweils verwandelte

Weise, der exemplarisch freie Schriftsteller Hermann Lenz, und da fallen mir zwei Bemerkungen aus dem von Lenz immer wieder als einem Mythos von Heimat oder Frieden oder Asyl beschworenen 19. Jahrhundert ein. Die eine stammt aus Eichendorffs Roman »Ahnung und Gegenwart«, wo über einen Dichter, der sonst nichts tut als dichten, also keinen ordentlichen Beruf hat, ungefähr gesagt wird, daß das Dichten als Beruf nichts Rechtes sei, weil es den Betreffenden, der nicht fest in der Welt stehe, nur »launisch« mache, allen kleinen und großen Störungen der Existenz ausgesetzt.
Die andere Bemerkung überliefert Georg Lukács in seinem ersten Buch »Die Seele und die Formen«: Da zitiert er nämlich in dem Essay über Theodor Storm eine Stelle aus dem Briefwechsel zwischen Storm und Gottfried Keller; der letztere, der Stadtschreiber, schreibt da dem ersteren, dem Juristen, recht ironisch von dem gemeinsamen Freund Paul Heyse: der sei (auch das hier nur aus der Erinnerung) deswegen so oft kränklich, weil er nur schreibe, ohne festen Beruf daneben.
Noch in den Berichten über Franz Kafka wird, als gelte es, vor irgendwelchen Richtern mildernde Umstände für den Angeklagten zu erreichen, immer wieder aufgeführt, daß dieser Versicherungsangestellte doch durchaus ein den realen Problemen zugewandter Mensch gewesen sei: das jedesmal auftrittsbereite Beispiel ist eine von ihm gezeichnete Unfallverhütungsvorrichtung.
Hermann Lenz ist ein freier Schriftsteller des 20. Jahrhunderts; und was vor 100 Jahren offen gesagt wurde, spielt also immer noch wie aus einer Zwergschulzeit des Bewußtseins in die Träume hinein.
»Nur« zu schreiben ist auch für Hermann Lenz selber

sicher eine Last – wenngleich, wie ich behaupte, eine für uns lesend lebende Menschen fruchtbare. Der Grund seiner Existenz sei tiefe Depression, sagte er einmal. Dabei ist er alles andere als ein launenhafter oder kränklicher, das heißt mit seiner Kränklichkeit sich aus allen Lebensproblemen herausredender Schriftsteller, und seine Bücher handeln nie von Launen, sondern immer von starken, wenn auch wechselnden Gefühlen.
Ich kenne dagegen einige, die Schriftsteller sind und daneben einen anderen Beruf haben: diese scheinen manchmal sehr von nur zu verständlichen Launen abzuhängen oder aber, wenn das Schreiben sie ganz fordern würde, dieses zu verraten an das Fachmanntum ihres zweiten Berufs.
So, sicher viel zu kurz, zu verkürzt gesagt, hat sich von einem Jahrhundert zum andern doch einiges auf dem Weg von der Arbeit zur allseitigen Fremdarbeit geändert. Was wir in dem Falle des Hermann Lenz tun könnten, wäre also, ihn zu bestärken in seiner notwendig sehr labilen Existenz, die darin besteht, daß er ohne Launen und Fachmanntum Schriftsteller ist, auch ohne jene Lebensversicherungen, die, von den Machthabern und Oberen aller Art approbiert, den allgemeinen freien Fall des Lebens in Glück, Verzweiflung und Tod immer wieder weglügen.
Ich, der ich fast 30 Jahre jünger bin als Hermann Lenz und angesichts all der selbst- und weltgewissen wirklichkeitsausgekochten Rollenträger bei dem Gedanken an meine nicht vorhandene Rolle sehr oft das Wort von der »mangelnden Existenzberechtigung« wie einen leibeigenen Feind erlebe, bin jedenfalls natürlich auch egoistisch stolz auf diesen langjährigen freien Schriftsteller.

Das Öl des Weltmeisters

Es ist doch auffällig, wie für immer mehr Leute der westlichen Welt die Vorstellung, ein »guter Autofahrer« zu sein, jenen Sinn des Lebens wiederherstellt, welchen ihnen die Religionen, die politischen Systeme, auch die verschiedenen mystischen Einkehr-Anweisungen immer weniger vermitteln, und wenn, dann jedenfalls nicht so dauerhaft wie versichert. Die Tatsache oder Einbildung, die Technik zu beherrschen, besorgt vielen von uns ein Gefühl der Geborgenheit, mit dem man aber dennoch, im Gegensatz zu den alten Geborgenheitssystemen, ganz alltäglich auftreten kann, weil die Erscheinungsform dieses Gefühls paradoxerweise die äußerste Sachlichkeit ist.

Zum Meistern einer Technik tritt selbstverständlich hinzu die Beherrschung der Sprache dieser Technik. Und das bedeutet, daß man das nach Worten suchende langweilige Ich, das sich aufdringlich mit Weltenlauf und -landschaft schlägt, vorübergehend, oder auf immer, vergessen kann. Das Bewußtsein, über die Technik und ihre Sprachen zu verfügen, nicht mehr sich als jemand albern Persönlichen, Einmaligen offenbaren zu müssen, sondern sich mittels der Apparate erklären zu können, gibt dem einzelnen eine erlöste Sachlichkeit: er fühlt sich aufgenommen in die seligmachende Weltgemeinschaft der Techniker, ist darin gerettet. Jeder kennt Leute, die, wenn es ihnen am Morgen geglückt ist, gut in eine Parklücke zu kommen oder soundso viele Autos zu überholen, wenigstens bis Mittag an der eigenen Existenzberechtigung nicht mehr zweifeln.

Das völkerverbindende Zeichen für die neue, die technische Weltformel ist sicher der Formel-1-Rennwagen mit fast »500 PS«, einem »8-Zylinder-Motor« (Ferrari hat »12«!) und einer »Höchstgeschwindigkeit von über 300 Stundenkilometern«: Ich beherrsche zwar nicht den Apparat, aber ich kann *technisch* über ihn sprechen, so wie wir alle über die »schwachen linken Haken« des Cassius Clay sprechen; über den Skirennfahrer Franz Klammer, der sich »während der gesamten Abfahrt nicht aus der Hocke aufrichtet«; und über den »Doppelpaß zwischen Müller und Beckenbauer«: all seiner besonderen Merkmale erleichtert, ist man, in Fachausdrücken redend, nur mehr sachliches Publikum.
Der Formel-1-Rennfahrer Niki Lauda verwendet das Wort »Technik« sehr oft: für seinen Wagen; für die Art, wie er diesen »steuert«; für die Methode, mit der er vermeidet, während des Rennens an anderes zu denken. Im letzten Fall nämlich, der dann eintritt, wenn man führt, genauer, »die Führung ausbaut« und dann »etwas weniger fahren kann, als man kann« – »das ist das ärgste, dann kriegt man Angst« –, gibt es die Technik, daß man sich bemüht, den Wagen »schonend« zu fahren: Die Technik des *Schonens* macht den von Gedankenflucht Bedrohten wieder geistesgegenwärtig.
Laudas Leben ist von Techniken bestimmt, von denen eine die andere gibt: Das Einschlafen vor dem Rennen ist eine Technik, und sogar im Urlaub muß er sich technisch verhalten: »Ich kann nicht über die Felsen in Sardinien springen, weil ich mir ständig bewußt sein muß, mir nicht den Fuß zu verstauchen.« Jemand, der wie Lauda sein Leben mit einer Ineinanderfolge von Techniken bewältigt, ist selbstverständlich an die Frage ge-

wöhnt, ob er nicht manchmal, über der ausschließlichen Beschäftigung mit Motoren, Reifen usw., etwas vermisse. Die Antwort ist die gewohnte, doch nur bis zur Hälfte: »Ich komme leider wenig zu was anderem – was mich vor allem interessiert, sind Flugzeuge.« Sein Wunschtraum wäre es, einmal eine Stunde lang allein einen Jumbo-Jet zu fliegen; die Autos »versteh' ich jetzt langsam«. (Es gibt aber auch den nächtlichen Traum von einer Wiese, auf die er mit einem Flugzeug zuflog und die nicht geeignet war zum Landen.)

Um während des Rennens den Eindruck der immergleichen Runden zu überwinden, verwendet der Österreicher Lauda folgende Gedankentechnik: Er stellt sich vor, von Salzburg nach Wien unterwegs zu sein – das ist eine Distanz, die ungefähr den jeweils zu fahrenden Rennkilometern entspricht –, und denkt um die Mitte des Rennens, nun an Linz vorbeizufahren, und in den letzten Runden: Jetzt bin ich schon in Sankt Pölten!

Lauda, über anderes befragt als über Technisches (in allen Bedeutungen dieses Wortes), definiert dieses andere immer nur mit dem *Wort*, das dafür verwendet wird: das heißt, außerhalb der technischen Sprache redet er in Tautologien: »Meine Mutter? – Meine Mutter ist halt eine Mutter.« – »Die Eltern sind, wie sie sind.« Solche Tautologien erscheinen dann als *Verhaltensvorschriften*, wenn ihm jemand persönlich anders begegnet, als das für seine Tätigkeit gebräuchliche Wort ihn definiert. Einmal traf er so einen berühmten Sportler, der schon am Vormittag drei Schnäpse trank: Lauda sagt dann zwar nicht, daß »solch ein Sportler kein Sportler« sei – er deutet nur an, daß er sich dar-

über »bei einem Sportler ein bißchen gewundert« habe, »ja sogar erstaunt gewesen« sei.
Laudas Freundin Mariella lebt, jedenfalls öffentlich, mit Hilfe einer ebensolchen Ineinanderfolge von Techniken. Da sie aber, anders als er, nicht sachlich in einer Maschine aufgehen kann, sondern nur auf sich selber angewiesen ist, wirkt jede einzelne ihrer Verhaltenstechniken gleichzeitig als eine *Vorführung* dieser Techniken durch ein Modell. Beim Vorbeigehen an den Boxen erscheinen die dort bewegungslos sitzenden, gerade nur die Stoppuhren drückenden und die Rundenzeiten eintragenden Frauen oder Freundinnen der Fahrer als lächerliche und traurige lebende Bilder: lächerlich, wie sie sich, im Bewußtsein ihrer grotesken Überflüssigkeit, an das kleine technische Werk, die Uhr, klammern – traurig, wie sie so in sich verschlossen sich aushalten müssen.
Noch im Fahrerlager dann, wo Mariella allein steht, auch ohne Stoppuhr, an die sie sich halten könnte, setzt sich ihr bloßes Dasein aus vielen wie isoliert vorgeführten Einzeltechniken zusammen: Über eine Stunde lang steht sie würdevoll in der heißen Sonne, die Füße eng und gerade nebeneinandergestellt, ohne ein einziges Mal die Haltung zu wechseln. Die beiden Hände stekken ruhig in den Taschen ihrer Jacke, und so wie Mariella spürt, daß eine Hand mit der Kapsel spielen will, in der die Schaumgummistöpsel für die Ohren (gegen Lärm) sind, hört die Hand sofort sich zu bewegen auf. Darauf aufmerksam gemacht, meint sie, sie wollte nur nachfühlen, ob die Kapsel noch da sei.
Angesprochen, lächelt sie sofort, mit einer einzigen Gesichtsbewegung. Ebenso schnell, mit einer einzigen Gesichtsbewegung, hört sie auch, ist die Bewegung der Zu-

wendung vorbei, zu lächeln auf. Hält ihr jemand Laudas Bild hin, schreibt sie ihren Vornamen drauf.
Auf die übliche Frage nach ihrer Angst antwortet sie lakonisch: »Ich *bestimme*, wann ich Angst habe und wann nicht.« Es sei wahr, daß sie sich bemühe, sich nicht zu bewegen. Ihre gewaltsame, fast beängstigende Ruhe habe sie zuerst mit autogenem Training zu erreichen versucht, aber jetzt gehe es auch so, weil sie gelernt habe, sich nicht so wichtig zu nehmen. Geweint habe sie bei Renngelegenheiten noch nie: »Nicht weinen: das muß man schon können! Man muß sich beherrschen.«
Über sich persönlich, wie sie *jetzt* ist, spricht Mariella nicht in Tautologien wie ihr Freund, sondern in Mutmaßungen, sie weiß nur, wie sie früher war: »Früher war ich ziemlich impulsiv. Ich bin *wahrscheinlich* immer noch lebhaft, aber hier ist das nicht am Platz.« So stundenlang im Fahrerlager wartend, schaut sie sich kein einziges Mal nach Lauda um, der immer wieder hier und da, von Journalisten, bekannten Skifahrern und mehr oder weniger Neugierigen gefolgt, auftaucht – und weiß doch immer ganz genau, wo er sich gerade befindet, wenn sie nach ihm gefragt wird: mit einem schnellen Rucken des Kopfes weist sie die Richtung. (Bei ihrer Bemerkung zur Fähigkeit des Nichtweinens fiel mir noch ihr Kinn auf, das immer ein wenig zitterte oder bebte, wie sonst nur bei Leuten, die gleich in Tränen ausbrechen werden.)
So, getrennt und höchst innig verbunden, erschienen Mariella und ihr Freund als ein Liebespaar wie nur je eines und wie schon lange keins mehr: jeder für sich technisch vollendet, doch beide zusammen verloren, verschworen und unzertrennlich.

Dieser Eindruck von einer heroischen Lebensgeschichte trotz aller Technik kehrte aber nicht wieder, als die beiden später leibhaftig zusammensaßen. Mariella und ihr Freund verwandeln sich zurück in Lauda und Freundin; und Laudas Freundin lauscht in gehörigem Abstand schweigend einem Männergespräch, wo der geistesgegenwärtige Rennfahrer, der mit ziemlich lauter und, wie ein Schwerhöriger, ein wenig quäkender Stimme spricht, manchmal sonderbar aufschreckt, wenn ein Geräusch aus dem Flur der Pension dringt, in deren Frühstücksraum er ein Steak ißt und Mineralwasser ohne Kohlensäure trinkt.

Sein *Beruf*, das Rennfahren, sagt er, sei eben ein *Beruf* – eine Arbeit wie die eines Schlossers usw. Alles, was ihn interessiere, sei Geld zu verdienen. Das Rennen von Barcelona in diesem Frühjahr (vier Zuschauer getötet), wo er und die meisten anderen wegen mangelhafter Befestigung der Leitschienen zunächst nicht hatten starten wollen, sei er dann doch angegangen, weil er schließlich bei Ferrari angestellt sei und als Angestellter die Pflicht habe, für seinen Arbeitgeber zu arbeiten.

Während etwa Lotus-Fahrer für die Firma werben müssen, die ihre Wagen finanziert, ist Lauda persönlich werbefähig. Er hat feste Tarife und bevorzugt die Werbung für eine große Firma gegenüber der Werbung für viele kleine Firmen. Trotzdem ist an seinem Körper vom Helm bis zum Fuß nur noch eine einzige Stelle für Werbezwecke käuflich: die über dem linken Schlüsselbein.

Politiker, die ihn für Wahlen benutzen wollen, wie zum Beispiel für die Nationalratswahl in Österreich, weist er sofort ab: »Sport und Politik dürfen nichts miteinander

zu tun haben.« Daß in der Welt etwas geändert gehört, dieses Gefühl kommt ihm nie: es sei denn, wenn er Steuern zahlen soll.
Nachdem er am Nürburgring, den zweihunderttausend tragisch wesenlose, nicht einmal gerichtsbekannte Bierbäuche ohne Lebensgeschichte und Frauen mit über der Leere ihres Lebens verschlossenen Gesichtern säumten – als seien sie allesamt gerade von einer Strafexpedition zurückgekehrt –, seine Rekordrunde gefahren hatte, beschrieb der Rennbahnreporter »unsern Niki« mit seinem Helm, auf dem er »aus Dankbarkeit über einen frühen Kredit« immer noch das Firmenzeichen einer Wiener Bank trage, wie jemanden, den es schon lang nicht mehr gibt und dessen lebensechte Nachbildung ein trottelhafter Fremdenführer vor unseren Augen noch einmal ausmottet.
Manche freilich finden es lebensechter, aus dem Fenster zu schauen – auf die Dauer auch gefährlicher.

Drohgedicht

Ein ehemaliger Volkssportler geht durch die Sommernacht
Er hat Ballschuhe an
die bespritzt sind von Erbrochenem

An einer Vorstadtkreuzung erblickt er im Mitternachtsdunst
das Gipfelkreuz
und er lehnt sich daran wie damals
als er am Dachstein mit seiner Schulklasse erfror
und sein bester Freund noch ein Foto von ihm machte

Wie damals patscht er in die Hände und lächelt greisenhaft
obwohl die Sommernacht lau ist
und niemand mehr ihn fotografiert

Es ist die Nacht der in der Seilbahnkanzel dröhnenden Skischuhe
Der Bach rauscht tief unter dem Eis
und die Kreuzotter fährt aus den Preiselbeerbüschen
dem Überzähligen unter die Smokinghose

Sein letzter Blick erfaßt im Nachtgrauen
einen hellerleuchteten Flughafenbus
wo die Leute sich regen wie Würmer
in einem Magen

Er war Angestellter bei der Zentralsparkasse –
schon als Kind verwachsen mit den Brettern
die ihn nun nicht mehr ergänzen
– und auch damals tanzten Libellen über den
Bergtümpeln
deren Wasser man nicht trinken kann

für W. S.

»Mr. Curtiz lebt nicht mehr hier«

Ihre neuen Filme zeigen seit kurzem in Paris: Jean-Luc Godard und François Truffaut, zwei Regisseure, welche in den Jahren zwischen 1960 und 1970, jeder in seiner Eigenart und mit seinem Eigenwillen, bei vielen Leuten in Europa und anderswo die Lebensgeister bewegten, die sonst in aller Regel mittels Beschwörung von Fertigträumen aus dem Niemandsland weghypnotisiert wurden.

Der Film von Godard heißt »Numéro deux«, und sein Thema seien, nach dem Autor, »die drei Altersstufen, die Kinder, die Erwachsenen und die Alten«. Truffauts Film, »L'Histoire d'Adèle H.«, ist die Nacherzählung des Lebens der zweiten Tochter Victor Hugos, die ihrem lieblosen Geliebten, einem englischen Offizier, durch die nördliche und südliche Hemisphäre, vom schneekalten kanadischen Halifax bis zur karibischen Sommerinsel Barbados folgte, und sei, so Truffaut, »die Geschichte eines Gesichts«.

Adèle Hugo hat ein Tagebuch geschrieben; Truffaut und sein Drehbuchschreiber Jean Gruault haben sich treu daran gehalten, in einem Vorspruch wird die zu erwartende Geschichte als »authentisch« bezeichnet.

Und wirklich laufen nach dieser Ankündigung die Bilder und Töne wie von selbst: Ein Boot mit Neuankömmlingen aus der Alten Welt schaukelt ein in den nächtlichen Hafen von Halifax, darunter, mit unters Kinn gebundener Haube, die junge Schauspielerin Isabelle Adjani aus dem 20. Jahrhundert, kostümierte Figur einer von der ersten Einstellung an, mit Möwen-

schreien, Pferdegetrappel, sich öffnenden, sich schließenden oder zum Einblick eigens offenbleibenden Türen, bloßen Geschichten-Maschinerie, die, gerade indem sie einer liebesentschlossenen Frau aus dem vergangenen Jahrhundert eine maschinelle Filmgeschichte verpaßt, dieser Frau posthum das besondere Leben und uns Zuschauern jedes Gefühl für ein solches Leben vor über hundert Jahren wegstiehlt: nicht nur der Film, in seiner auf jedes beliebige andere Leben zu jeder beliebigen anderen Zeit an jedem x-beliebigen Ort anwendbaren vorgefertigten Zeichenstruktur, erscheint so als nichtauthentisch, sondern mit ihm auch die Person, die dazu der Anlaß war.
Noch nie hat sich Truffaut so vollständig auf sein sogenanntes Handwerk verlassen, sich in »das Handwerkliche« als Fetisch versteckend; noch nie, dabei in der Arbeit an dem Film und in der Propaganda für ihn die eigene Person als festen Geschäfts-Posten einsetzend, so sehr sich selber vergessen – während ja das »Authentische« an seinen früheren Filmen war, daß in jedem von ihnen ein wenig von der Verquerheit des Verantwortlichen für die »konvulsivische Schönheit« sorgte, die, nach A. Breton, die einzige Schönheit ist, die lebt und belebt.
»Adèle H.« ist der erste Film Truffauts, der nur noch Produkt ist. Jede Einstellung zielt so in Bild und Ton auf den bloßen Stimmungsreflex eines errechenbaren Phantomzuschauers und ruft in jedem einzelnen, tatsächlichen Zuschauer mit seinen unkalkulierbaren Gefühlen nur noch ein Phantom aus kalkulierten Stimmungen ab.
Bestimmte fertige Formen für bestimmte Wirkungen sind allzeit bereit – wie übrigens auch bei Serienfern-

sehspielen und Reklamespots, von welch beiden sich Truffauts Film in der Tat kaum unterscheidet, von den ersteren vielleicht dadurch, daß der Kameramann Nestor Almendros heißt, und von den letzteren durch die Schauspielerin Adjani, die, anstelle eines Dings, das Objekt ist, für welches mit diesem Film für den Film geworben wird.

Isabelle Adjani ist noch nicht einmal 20 Jahre alt und spielte vorher an der Comédie Française. Adèle Hugo war schon über 30, als, mit der Liebe zu dem Offizier, ihr bis dahin zielloses Leben als wenig beachtete Tochter eines berühmten Schriftstellers eine gezielte, jedenfalls leichter nacherzählbare Geschichte bekam. Ein Photo von ihr zeigt eine früh ältlich aussehende hagere Frau. Isabelle A. hat das Aussehen eines Kindes, noch ganz unversehrt, große Augen, als sei das Gesicht noch nicht ausgewachsen, und aufgeworfene Lippen, die in dem Film oft unabsichtlich ein wenig offenstehen und dann wie ertappt sich schließen, als wollten sie sich älter geben, als sie sind, was freilich dann eher nur trotzig aussieht. Und dieses sehr junge Mädchen will so sehr eine nur für ihre Liebe lebende Frau nachfühlen, daß ihr Spiel vor lauter Willensanstrengung völlig gefühllos erscheint.

Einmal kniet sie vor einem Bildnis ihres Liebsten, und die Kamera bewegt sich plötzlich so verquer, ja so menschen- statt marktgesteuert durch den Raum, daß tatsächlich nicht mehr eine Stimmung feilgeboten, sondern eine Frau in ihrem Liebeskummer fühlbar gemacht wird – doch schließt die Szene dann mit einer Großaufnahme, wobei aus dem rechten Auge der Schauspielerin eine Träne rollt.

Truffaut stellt seine Schauspielerin mit jeder Einstellung gleichsam aus dem Film heraus, um seine »Geschichte eines Gesichts« zu erzählen; aber dieses Gesicht, so allein, ohne andre Gesichter, herausgestellt als Star-Antlitz, kann nur angestrengt nichtssagend bleiben. Würde etwa der von ihrer Liebe verfolgte Mann wenigstens einmal anders auf sie reagieren, als man es von einer Kinofigur erwartet, also vielleicht überrascht statt mürrisch, gerührt statt gelangweilt, betroffen von einer solch unermüdlichen Neigung statt höhnisch – so könnte die verratene und verkaufte Adèle Hugo in der Tat etwas von ihrer Geschichte zurückgewinnen.
Truffaut, wenn er heute von sich und den alten Freunden der »Neuen Welle« redet, sagt immer noch »wir«. Godard, der seit einigen Jahren nicht mehr in der Kapitale Paris lebt, die ihn, den »Westschweizer ohne Heimat«, »zerstört und geheilt« hat, sondern über eine Caravelle-Flugstunde weg in Grenoble, wo er mit neuen Freunden in einer Video-Werkstatt arbeitet, sagt, was Truffaut oder Rivette betrifft, schon lange nicht mehr »wir«. »Was mich betrifft, fühle ich mich ziemlich allein, beschäftigt mit einer neuen Methode des Filmemachens.«
Dieses Gefühl des Alleinseins eines über seine Arbeit und deren Vermittlung nachdenkenden Menschen, der vor zehn Jahren noch eine Art Erreger von spontaner Gemeinschaft war, ist zugleich die nachhaltigste Mitteilung von »Numéro deux«.
Zu Beginn des Films steht Godard im Halbdunkel seines Video-Studios, mit ziemlich schütterem Haar, in einer Lederjacke, auf einen Bildschirm aufgestützt, in dem er noch einmal, unter anderem Winkel, erscheint,

und spricht bei großem Lärm der Spulen, die er manchmal schneller laufen läßt, von seiner »Fabrik« hier, deren Patron er sei. »Aber ich bin ein besonderer Patron, ich bin auch Arbeiter.«

Er erzählt die Produktionsgeschichte des Films, und dann zeigen zwei Fernsehbilder auf der großen schwarzen Kinoleinwand, in deren Dunkel man sich den seine Geschichte regelnden Godard vorstellen kann, den stumpf-schmerzhaften Alltag von drei Generationen – Großeltern, junges Ehepaar, zwei Kinder –, einer Arbeiterfamilie ohne besondere Arbeitermerkmale, welche in einem Wohnturm mit fremdem Lärm von überall im Neuland einer größeren Stadt dicht beieinander haust.

Seinem Film »Weekend« hatte Godard als Bemerkung vorangestellt, es handle sich um einen Film, »auf dem Abfall gefunden«: viele Bilder von »Numéro deux« sind wie Neu-Montagen der für Godard schon als Abfall produzierten »Filme der Saison«, der gewöhnlichen Pornos ebenso wie der »Pornos über der Gürtellinie« von Lelouch oder Claude Sautet, dessen wohlfeil elegischen Schmachtfetzen »Vincent, François, Paul und die anderen« er eingangs mit Bruchstücken eines Rammelbildwerks mischt.

Diesen beiden Arten von Fetzenfilmen stellt Godard seine Geschichte aus Fetzen gegenüber, Haushaltsbilder vor allem: die junge Frau beim Bügeln; die Großmutter beim Karottenschaben und Bettenmachen; der Großvater beim Suppenrühren, die Kinder bei den Schulaufgaben; das junge Ehepaar beim Abwaschen und Abtrocknen.

Wenn Pierre von der Arbeit nach Hause kommt, nimmt

Sandrine seinen Penis in die Hand oder in den Mund, und Pierre atmet auf wie nach einer langen Zeit außer Atem. Sandrine ist arbeitslos und mißvergnügt (»Ich glaube, die Arbeitslosigkeit ist einfach nicht das Vergnügen. Wenn sich das Vergnügen an der Arbeitslosigkeit einstellt, ist das der Faschismus.«). Selbst wenn sie mit ihrer Tochter tanzt, scheint sie ein schweres Herz zu haben. Ihr Reden ist eine Art Gemaule.

Einmal sitzt sie mit den Kopfhörern da, unansprechbar; sooft ihr Pierre die Hörer abnehmen will, um mit ihr zu reden, setzt sie sie wieder auf, bis Pierre sie ohrfeigt: da schlägt sie ihn in einer fürchterlichen Kleinmädchenbewegung, die ihn vollkommen zurückstößt, irgendwohin, wobei sie sich den Kopfhörer wieder zurechtrückt. Von einer Bekannten zu einer Versammlung über die Folterungen in Chile eingeladen, sagt sie, das interessiere sie nicht im geringsten. Ihrem Sohn erzählt sie, seit zwei Wochen könne sie nicht mehr »scheißen«: alles in ihr sei blockiert.

Mit voller Einkaufstasche beladen, kehrt sie einmal nach Hause zurück, legt sich sogleich auf dem Rücken quer über das Bett und fängt zu masturbieren an. Als Pierre dazukommt und sich einmischen will, schickt sie ihn weg und ruft ihm noch nach: »Die Tür!« Wie die Marianne in »Pierrot le fou«, am Meeresufer irrend, skandierte, was ein Leitmotiv einer Bewegung von Frauen nicht nur in Frankreich geworden ist: »Was kann ich tun? / Ich weiß nicht, was tun / Was kann ich tun?«, so rezitiert auch die masturbierende Sandrine, ihrer schweren Einkaufstasche entledigt, in »Numéro deux« immer wieder eine Art Existenzgedicht: »Ich komme zu mir zurück / Aber da war ich nicht bei mir und noch immer beladen / Jetzt entlade ich mich.«

Weil ihr Mann, durch seine Arbeit, wie endgültig von ihr getrennt erscheint, redet sie mehr und mehr zu den Kindern oder wendet sich, wie am Schluß, an die Frauen in Frankreich: sie frage sich, ob es viele solche gebe wie sie?

Der Junge und das Mädchen in »Numéro deux« sind Kinder im Schulalter, welche aber noch nicht das bedrückende Gehabe von auf Leistung und Anpassung an die Erwachsenen gedrillten Schulkindern zeigen, das in Frankreich, wo es z. B. statt »lernen« »arbeiten« heißt, vielleicht noch früher auftritt als anderswo: Und das Noch-Nicht der Kinder ist auch das Hoffnungsstiftende an diesem Monumentalfilm der Bedrücktheit, in dem selbst die Vögel vor den Fenstern nur Lärm erzeugen; wie sie sind – neugierig, bei sich, unversöhnlich –, das macht den Film zu dem Appell, wenigstens die Kinder sollten vor dem Gefühlstod in der auf sie lauernden Eiszeit-Gesellschaft gerettet werden.

Und einmal in »Numéro deux«, in einer Szene aus einem gar nicht himmlischen, nur eben menschenmöglichen Paradies, erscheinen sogar alle drei Altersstufen plötzlich wie eine verwirklichte Lebensgemeinschaft: Der Großvater sitzt stumpf da mit den Kopfhörern, das kleine Mädchen neben ihm, da ertönt plötzlich eine Art Sphärenmusik. Der Großvater sperrt den Mund auf, stülpt dem Kind die Kopfhörer über und neigt sich dazu, um mitzuhören. Das Lied geht von jemandem, der woanders lebt, in der Dimension 4, mit Comic-Heften ... Sandrine, in ihrem immer offenen weißen Bademantel, setzt sich dazu, manikürt sich, horcht auch. Dann nimmt

der Großvater wieder gierig die Hörer an sich, und jetzt lauschen alle drei Generationen, einer zum andern geneigt, dem schmalzigen Sphärenlied, mit offenem Mund, und Sandrine hört auf, sich zu maniküren.
Jean Renoir hat mit »La règle du jeu« vor dem Zweiten Weltkrieg den Film gemacht, der vielleicht am reinsten die damals noch stark verkleideten Gefühle und Wünsche jener Epoche wiedergab. Truffaut, nachdem er monatelang Vorausreklame für seinen Film »Adèle H.« und dessen Star gemacht hatte, ist kurz vor der Premiere, »aus einer unendlichen Müdigkeit im Radio und Fernsehen über meinen Film zu sprechen«, zu dem inzwischen über 80jährigen Jean Renoir nach Hollywood »zurückgekehrt«, »weil ich mich wohl fühle in seiner Nähe«.
Truffaut, der sich da als ein Wahlverwandter Renoirs bezeichnet, hat in seinem letzten Film leblose Verkleidungen als Gefühle verkauft. Von dem unverkleideten Durcheinander von Gefühlen, der Gefühlslosigkeit, der Wunschlosigkeit unserer Epoche lebt jedoch der Film Godards; sein »Numéro deux« handelt davon, daß die Verkleidungen und Spielregeln (auch die des Kinos) nichts mehr heilen – und das ist das Heilsame an ihm.
PS: Vor ein paar Tagen rief mich jemand an und wollte mit Mr. Michael Curtiz sprechen. Nachdem ich aufgelegt hatte, fiel mir ein, daß der Regisseur von »Casablanca«, dem symbolgewordenen Fertigtraum einer Epoche, ebenso hieß, und meine Antwort am Telefon schien mir plötzlich wie ein zugeflogenes Motto zu »Numéro deux«: »Mr. Curtiz lebt nicht mehr hier.«

Die Laternen auf der Place Vendôme

Rund um den Platz Vendôme stehen die in Paris häufigen dreiarmigen Laternen. Ein Fußgänger kam auf den Platz. Es dämmerte schon. Er hielt an und wollte auf einmal die Lichter angehen sehen. Ungeduldig umkreiste er den Platz in der einen, dann in der anderen Richtung, und sein Herz fing an zu klopfen wie bei einem Abenteuer. Er hatte Angst, den Moment zu verpassen, zu blinzeln zum Beispiel, oder unwillkürlich in die Juweliergeschäfte zu schauen, wo auf Samthockern tief im Raum die Verkäufer saßen. Allmählich schlugen die Laternen in Zeichen um, und hinter ihrem blankgeputzten Glas trieben die stürmischen Wolken des Dämmerungshimmels von den eben Gestorbenen zu den nächsten Sterbenden. Die Erdoberfläche sank mit dem Himmel unter den Lebensspiegel. Endlich, während er in Panik weiter um den Platz herumging, flammten ringsum die Lichter auf. Sie wurden sofort ganz hell, in einem Augenblick der starken Freude, wo der grabüberspannende Himmel dem Fußgänger die ewige Untröstlichkeit zugleich als Aysl gab. Zu Boden blickend, fühlte er sich bei dem schmutzigen Gehsteig jetzt heimisch.

Er konnte weitergehen, endlich wieder geradeaus, nicht friedlich, aber in einer Heiterkeit, die auch wehtat. Der Himmel wurde blau, und der Abendstern erschien. Dieser kleine Stadthimmel erinnerte an nichts Bestimmtes mehr, wie es auch auf der windigen Brücke vom Fluß herauf nach nichts Bestimmtem roch. Nur daß er den Entgegenkommenden oft auf die falsche Seite auswich, war übriggeblieben von der Gewißheit, gerade noch ge-

lebt zu haben: eine erstorbene Empfindung, die kalt durch sein Bewegungszentrum irrte.
Der Fußgänger folgte einer Verabredung und ließ sich betäuben von der auf ihn eindringenden Leibeigenen-Sprache, das Gesicht beim Zuhören noch nicht gelöst vom Krampf des Alleinseins. Aber später in der Nacht fing es plötzlich zu hageln an. Sehr helle Hagelkörner blitzten aus der Dunkelheit über der Straßenbeleuchtung und fielen schräg auf die trockenen, noch tagwarmen Gehsteige; schlitterten ein bißchen weiter und schmolzen, indem sie liegenblieben, sofort weg – ausgelöscht in dem gleichen starken Augenblick der Freude, in dem Stunden vorher die Laternen auf dem Platz Vendôme aufgeflammt waren.

Das Ende des Flanierens

1
Dürftiges Alleinsein:
Kälte
Nacht
Belag auf den Lippen
Niedergeschlagene Augen

2
In der nieselnden Finsternis des Boulevard
an dich denkend
spüre ich die Innenseiten der Hände heiß werden
im Bedürfnis
dich zu umfassen
In Gedanken kratze ich dir die Kleider herunter
um dir näher zu sein

3
Wir tun als ob das Alleinsein ein Problem sei
Vielleicht ist es eine fixe Idee –
wie die Angst im Sommer zu sterben
wenn man schneller verwest

4
Frau von hinten:
Auch du
Kurzgeschorene mit dem starken Nacken
wirst eines Tages den *Verlust* erleben –
vorbei die Vorstellung der krachenden Guillotine
in deinen Halswirbelknochen

5
Métro Raspail:
In die unheimliche Dunkelheit
zieht es die Leute weg von der hellen Station
in die Métrotunnels
Und das schwache Licht mit ihnen
an den Tunnelwänden

6
Im Rinnstein fließt Wasser
schattenhaft über Stanniolpapier
und plötzlich tun die Zähne weh

7
Drei Totenschädel:
Im Café sitzen drei Burschen
und haben ihre Sturzhelme
mit offenem Visier
neben sich auf den Boden gestellt

8
Betrunken um Mitternacht:
In der Cafétoilette
gegen ein gotisches Kirchenfenster pissen
Und auf dem Heimweg
die hellerleuchtete Métro
weit weg am Ende der Straße
durch die Dunkelheit ziehen sehen
als bewegliche Leuchtschrift
mit den letzten Nachrichten des Tages

9
Samstagabend am Boulevard St. Germain:
Einerseits versammeln sie sich
vor der Volksmusik auf den Straßen
Andrerseits werden sie verrückt

10
He du an der Straßenecke:
die Geschichte von der Einsamkeit des modernen
Menschen
kennen wir ja inzwischen
Nun verschwinde auch du
nachts von den windigen Straßenecken

11
Schöne Unbekannte mit dem breiten Gesicht
die du drinnen im Restaurant
an der Zigarette ziehst:
Im Vorbeigehen auf der Straße
erkenne ich dein Gesicht
und es wird undeutlich –
aufblühend in meiner Erinnerung

12
Auf einem Klappsitz im Métrowagen
sitzt eine Frau mit geschlossenen Augen
als ob sie da auf den Tod warte
Daß im Supermarkt die Kassiererin
ihr einen Plastiksack hinwirft
ohne sich nach ihr umzudrehen
läßt sie erzittern vor still-triumphaler Genugtuung –
Und zu Hause riecht sie dann hilfesuchend

an dem Block Seife
die so beflügelnd *savon de Marseille* heißt
und an einer Scheibe frischer Butter
die mit einem Draht
von einem mächtigen Klumpen geschnitten wurde
und an einem noch vom Markt kalten Apfel

13
Anna Magnani in *Mamma Roma*:
Sie hat die Nachricht vom Tod ihres Sohnes
empfangen
und erblickt durch das Fenster seines Zimmers
wo auf dem Bett noch seine Sachen liegen
die Neubauten des Stadtrands
und dahinter die erbarmungslose Kuppel
der *Ewigen Stadt*:
hinausgetragen aus der begrenzten Welt
ins Universum des Schmerzes

14
Heute schauen mich die Leute
so freundlich an
wenn sie entgegenkommen –
Sind sie eingeweiht und also zuvorkommend
wie zu allen
bei denen es eine Zeitfrage ist?

15
Friedhof Montparnasse:
Es ist Nachmittag
und die Katzen springen zwischen den Gräbern
wie Lebensaugenblicke

Lebensaugenblicke springen wie Katzen
zwischen den Gräbern der großen Friedhöfe
Die trockenen Ahornsamenbüschel sirren
und die Wolken ziehen am Himmel

16
Zufrieden mit einer Arbeit
ging ich ins Café
Ich stand an der Musicbox
und an der Theke stand eine Frau mit weißen Stiefeln
Und eigentlich müßte dieses Gedicht jetzt weitergehen

17
Pilger mit den schmerzblinden Augen
Bevor du einschlägig bekanntgemacht bist
von den uferwechselnden Flaneuren:
Gesammelt an der Schreibmaschine
halte ich deine offiziell nicht bestätigte
Zwischenzeit fest
Unerschütterlich stehen meine Worte da
für dich
ohne mich

Der Maler Jean-Paul Chambas

Ein Freund von mir, der sonst in München lebt, hatte in der Métro eine Umhängetasche aus Stoff liegenlassen. An einem milden Tag im Juni stieg ich in einen Bus der Linie 62 vor dem Prisunic von Auteuil und fuhr über die Seine in das fünfzehnte Arrondissement, um im Bureau des objets trouvés die wiedergefundene Tasche abzuholen. Nachdem ich an drei verschiedenen Schaltern meinen Paß gezeigt und meine Unterschrift gegeben hatte, wurde mir am vierten schließlich die Tasche ausgehändigt (mit einem alten pariscop darin und einer Monographie über Erich von Stroheim).
Es war dann Mittag, und ich stand auf der rue de Danzig, unentschlossen und doch zufrieden, weil eine freie Zeit vor mir lag. Eine große blonde Frau mit einem langen schwarzen Kleid und ein bleicher, ziemlich rundwangiger junger Mann mit sehr langen, tiefschwarzen, hinten zusammengebundenen Haaren, in engen Hosen, Stiefeln mit hohen Absätzen und weitem, weißen Hemd traten auf mich zu. Er sei Maler, sagte der junge Mann in dem anheimelnden Akzent Südfrankreichs, und lebe einen Teil des Jahres auf dem Gut seiner Freundin im südlichen Österreich (wo auch ich herstamme). Wir hatten alle drei nichts vor und fuhren nach St. Germain-des-Prés, wo wir in einem stillen Restaurant der rue du Dragon zu Mittag aßen.
Wir sahen einander noch ein paarmal vor den Ferien. An einem langen Nachmittag saßen Jean-Paul und ich auf der Terrasse vor einem Restaurant der rue de Danzig und beobachteten all die Zeit das Wohnhaus gegen-

über, vor dem eine schwarzhaarige junge Frau mit einem roten Umhang auf und ab ging. Ein paarmal trat sie ins Haus, kam aber jeweils gleich wieder heraus. Endlich, nachdem sie wieder einmal hineingegangen war, blieb sie so lange darin, daß wir uns Sorgen um sie machten. Sie kam nicht wieder heraus.
Im Sommer traf ich Jean-Paul auf dem Gut seiner Gefährtin im südlichen Österreich. Am Waldrand sah er sofort die braunen Herrenpilze im Moos und zeigte mir ein paar, damit ich auch welche nach Hause brächte. Er kannte die Serien und Werbeprogramme im österreichischen Fernsehen weit besser als ich. Auf seinem Zeichentisch lagen »The Last Words of Dutch Schultz« von Burroughs. Als er eines Abends mit seiner Arbeit unzufrieden war, schien er wie gekränkt von der eigenen Unfähigkeit; er wurde bleicher und dicker. Ich riet ihm, sich umzubringen. Er lachte, wie es oft in amerikanischen Kriminalromanen heißt, »freudlos«.
Einen der für das südliche Österreich typischen Bildstöcke – das sind kleine Andachtsstätten meist an Wegkreuzungen, die sich wohl aus den alten römischen Larensteinen entwickelt haben – hat Jean-Paul vor einigen Jahren in ziemlich grellen Farben selber neu bemalt und der Bevölkerung des Gebirgstales gewidmet. Fast alle Leute kennen ihn, und er grüßt sie mit »Grüß Gott«, was seine einzigen deutschen Worte sind. An einigen milden Spätsommervormittagen saßen wir bei österreichischem Rotwein vor einem Gasthaus der nahegelegenen Stadt und schauten auf den Stadtplatz mit dem Brunnen und einen bewaldeten Hügel hinter den alten Bürgerhäusern. Auf der kahlen Kuppe des Hügels stand eine vereinzelte Fichte in dem klaren Frühherbstlicht,

und Jean-Paul sagte, wenn ich über ihn schriebe, könnte ich doch auch diesen Baum vorkommen lassen. An einem Abend übersetzten wir den Namen Jean-Paul Chambas ins Deutsche; da hieß er Johann Paul Niederfelder, und ich stellte mir die Bilder eines spätgotischen Malers vor, eines Freundes von Albrecht Altdorfer vielleicht, der mit großer Geduld eine einzelne Fichte an einer Klippe über der Donau malte.
Bei all dem ist mir aber bewußt, daß Jean-Paul Chambas wahrscheinlich viel mehr über mich sagen könnte, als ich über ihn; und daß er geradesogut auch mein Feind sein könnte.

Zu Herbert Achternbusch

Haltung oder Entfaltung: Achternbuschs Unwille (sich) zu entfalten – statt dessen die Konstruktion einer (»richtigen«, anders auch gar nicht möglichen) *Haltung*. Die Gefahr einer Haltung in der Literatur: daß man sich schreibend von vornherein so im Recht glaubt, daß man nichts mehr »von sich zu geben« braucht; Haltung des Vor-Verständnisses mit mir Lesendem: »Dir brauche ich ja nichts zu erzählen!«

Wenn man nichts entfalten mag, müssen aber die Sätze lauter Trümpfe sein: Auftrumpfliteratur.

Langer Schmerz des Lebens: daraus kann, wenn eine Person nur als Redefigur sich äußern will, eine Lebenshaltung der selbstbetörten Geschmerztheit, auch eine lebenslange Schreibhaltung werden.

Abgesicherter, von andern abgesegneter Trotz: »Ich schreibe, was mir paßt.« Ist eine solche Art Freiheit nicht auch ein Trick?

Von daher wird Achternbusch jedenfalls verständlich als Beispielfigur für gewisse Zeitungsschriftsteller, die da eine gegängelte Zweitexistenz von sich selber tagtraumhaft ein bißchen im sogenannten Freien herumtollen sehen, in Scheingefechten durchspielend, was sie dann »anarchistische Schreibweise« nennen: ihre Zweitwohnung (manchmal auch meine).

Dazu gehört: ja kein Pathos über ein paar Sätze hinaus: wo's gefährlich wird, rasch ein Witz herbeigezogen (Geheiligter Karl Valentin) – so hält der stolze Achternbusch als Zeichen der Ergebung die Kehle hin (denen, die das Meinen haben).

Pathos würde den genauesten Mut in der Kunst verlangen; der Witz sticht in den fliegensollenden Ballon, bevor er ganz aufgeblasen ist (und sich vielleicht so lächerlich machen könnte).
Sorgfältig erarbeitete, auffällige Sätze – die freilich oft mit Feuerzungen reden; letzte Schreie in einem Doppelsinn. Mein Vertrauen zu Achternbuschs absolutem Modebewußtsein (wie zu absolutem Gehör): weil ich weiß, daß ein solches Bewußtsein das schärfste, klarste, auch das erbarmungsloseste, asozialste sein kann – er ist da tatsächlich »am weitesten«, und »Mode« ist nur der Medienname. (Trotzdem meine Wunschvorstellung, daß die Sätze der Kunst, damit mit ihnen eine Menschenmöglichkeit erscheinen kann, in genauer Unauffälligkeit vergehen sollten; man müßte sie erleben ohne den Impuls, sie sich merken zu wollen.)
Betreibt Achternbusch nicht nur ein ständiges *»tabula rasa«* mit den abgelebten *»topoi«* des Trivialen, die er dabei doch weiterbenutzt (als hätten sie noch Mythenkraft)? Selten: der Mut zu einer andern, unerhörten Erfindung, weil eine solche, vor allem durch die Dauer, pathetisch wirken muß – jedenfalls Ansprüche macht (und solcherart lästig werden könnte).
Die sogenannte freie Literatur Achternbuschs gibt doch vielleicht nur der allgemeinen Phantasiererei eine solche Vorgabe, daß man sie gar nicht mehr mit einem tatsächlich-möglichen Leben zu vergleichen braucht – und sie auf diese Weise (weil eben die Anstrengung des ständigen Einholversuchs fehlt) nie als strengerer, verbindlicher Phantasieversuch umfassend werden kann.
Achternbuschs Grundkonzept demnach: die täglichen Jammertal-Situationen, interessant und lustig gemacht

durch ein, zwei ausgefallene, üblicherweise in diesen Situationen nicht vorkommende Details: bloße Phantasie-Pantomime durch Tischrücken mit typischen Situationen, bis sie als Slapstick gleichsam letztmals aufzucken – statt daß vielleicht eine Phantasie geduldig eben nicht den grotesken Zuckungen nachgäbe, sondern unerhört alltägliche Situationen erfände, in denen wir (oft) lebenden Toten allesamt wiederauferstehen (mein Leserbekenntnis).

Doch bei Achternbusch: Im bloßen Ausleiern der Tagträume und zudem in der Anpassung an deren Sprunghaftigkeit ein Nachgeben vor der Unmöglichkeit, anders als in solchen Tagträumen dahinzusiechen; kein Beflügeln der Wünsche zu sich entfaltenden Vorstellungen: Wünsche als bloße Stoßseufzer. (Dabei weiß Achternbusch es besser – wie nur je ein Dichtersmann: Warum gibt er sich trotzdem zufrieden mit Lokalteilphantasien? Von denen er verständlicherweise ausgehen muß.)

Ergebnis: Sklavische – bei Achternbusch eher sklavisch tuende (siehe oben: Kehle hinhalten) – Ergebenheit in die Kulturpropaganda, daß keiner mehr zu einer Gestalt werden kann, sondern wir alle nur noch schadhaft durchlässig seien für das bunte Allerlei und schon Illustrierte: Gestaltunfähige, Wesenlose, Bauchrednerexistenzen. – Leistet nicht Achternbusch einen bloß rhetorischen, im Wortsinn subkulturellen Widerstand gegen die Nachrichtenwelt, aus der kein Haupt mehr herausragen darf?

Oder sind seine Travestien der Plastikmythen ein Widerstand? (Ich jedenfalls will diese Mythen, die nichts von mir mehr umgreifen, nicht einmal mehr travestiert sehen.)

Andrerseits (und das ist seine immer stärker werdende Kraft): Seine Durchbrüche manchmal durch die Ergebenheitsadressen an die definierte Welt: und dann doch wieder ein Sich-Aufspielen mit dem Ernst der Sekunde: »Wieder ein vehementer Text!« (stimmt schon), statt neue Gestalten in einer andern Landschaft: wovon zu lesen mein Wunsch ist, seit meinem Menschengedenken.
So aber wird die eigne Person, indem nämlich Leben und Schreiben zu eins das andre betörenden Haltungen geraten, auch nur zu einer Art Parteibüro organisiert (wo Widerstand geduldet wird, aber nichts mehr in Frage stellt). Achternbuschs Direktive für einen neuen Text: wieder eine Unorganisiertheit, gefälligst! (Gefällige Unorganisiertheit) Halten wir dagegen die Konstruktionen hoch (Petrarca, oder die Konstruktion eines Sommertags)!
Dabei weiß Achternbusch das meiste wirklich besser, er tut nicht nur so. Aber er tut auch so – und das macht seine Sachen oft nur schlau.
Er ist intelligenter als »wir« – und erniedrigt diese durchdringende (seine durchschauende) Intelligenz zu schön schnellen Sätzen, die sogleich mauern: sich rasch als bloße Haltung aufrichten – und solch eine Haltung, sage jetzt ich, ist beim Lesen kein Abenteuer – wenn sie auch (»anarchistische Schreibweise«) gerade Abenteuerliches suggeriert. Der Autor zu oft als sein eigener Kumpan (bei Schnaps, Bier und Bayern): das ist natürlich wieder schlau, aber auch ein Verrat.
»Ich legte das kranke Kind in mein Bett. Bevor sie einschlief, steckte sie immer den rechten Zeigefinger in den Mund und suchte mit der linken Hand den Saum ihres

Unterhemds, den sie um die Hand wand. Leicht schlief sie ein, wenn sie vorher weinte.«

Nicht oft geschieht es (auch hier nicht: »Beschreibung eines Kindes: Kitsch; Beschreibung eines kranken Kindes: noch kitschiger«, und so weiter), daß nach einem solchen, zugegeben gefährlichen, Gestaltversuch nicht der Witz, nicht das Sich-Blöd-Stellen, nicht der Sprung zu was ganz anderm folgt. Daß der Achternbusch es aushält, es nicht unter seiner Würde empfindet, jemanden zu beschreiben (auch sich), bis hin zu unscheinbaren Sätzen, die nur noch ganz ferner liefen (gerade bis dahin) – und dann bei dem so Beschriebenen zu bleiben: (sicher gewollte) Seltenheit. (Die großen Ausnahmen: »Die Stunde des Todes«, »Blutentnahme«.)

Virtuose Ausflüchte vor dem Ernst (sagen wir hier ruhig einmal: vor der Kunst): »Literarischer Anarchismus.«

Im durchgehaltenen Ernst ist er groß; wäre er groß. Also Forderung nach dem Durchbruch des Missouri!

Als jemand, der schreibt, beneide ich ihn oft: für die Sätze im Schwarzen, aus dem Stand geschossen.

Als Leser gebe ich ihm manchmal verdrossen, in einem Aufblicken woandershin (auch nur in Bäume, auf eine Straße) gesammelter weiterlesend, unrecht: Und es handelt sich hier um Recht und Unrecht. Also habe vielleicht ich unrecht.

»›Das Leben! Das Leben! Wie feierlich Sie reden! Zum Kotzen!‹« sagte Kajetan.

»Zum Kotzen«, wiederholte ich unbeirrt . . ., »nun gut.«

Gelegenheitsgedicht

Schiefer, sehr dichter Regenfall
davor senkrecht vom Dach fallende
einzelne Tropfen
Das Geliebte ist unterwegs zu mir
Klopfendes Herz

Gegen den tiefen Schlaf

Nicolas Borns Roman:
»Die erdabgewandte Seite der Geschichte«

Auf der erdabgewandten Seite der Geschichte treiben die menschlichen Wesen, so scheint jedenfalls dem vernunftbraven Sehzentrum der Blick ins Universum dieses Buches, system- und perspektivelos, der Schwerkraft enthoben mangels einer dauernden gewichtigen Überzeugtheit, aus allem möglichen Gleichgewicht geraten durch die Unübersehbarkeit des jede Sicherheit und Ordnung verhöhnenden Durcheinanders, in der großen Kälte der Unsolidarität, der trüben Finsternis der Vernunftsunfähigkeit als manchmal zufällig aufeinanderschlagende und dann wieder für sich wegschnellende Einzeller umher.
Es ist eine Erzählung fast ohne Übereinkünfte mit dem Lesenden, auch ohne Distanz zu ihm, mit Sätzen, die gleich ganz nahe kommen, als gäbe es in diesem von jeder Botschaft entstörten Universum die gewohnten literarischen Entfernungen nicht mehr. So ist der Lesende, der hier eher als der Betroffene bezeichnet werden kann, zunächst versucht, von sich aus in die Distanz auszuweichen, sich an Daten zu halten, sich mit Informationen zu versorgen, welche ihn das von der erdzugewandten Kommunikationsgesellschaft besorgte Dahindämmern bis zum Programmschluß fortsetzen lassen.
»Die erdabgewandte Seite der Geschichte« ist Nicolas Borns zweiter Roman. Born, der bis jetzt vor allem Gedichte geschrieben hat, ist zeitweilig Herausgeber des

»Literaturmagazins« in der Reihe »das neue buch« (Rowohlt). 1937 in Duisburg geboren; vor der Existenz als freier Schriftsteller Chemograph im Ruhrgebiet. »Die erdabgewandte Seite der Geschichte« ist ein Liebesroman: Er erzählt von der unmöglich gewordenen Liebe zwischen einer Schallplattenagentin und einem Schriftsteller, und von den andauernden Liebes-Bemühungen des Schriftstellers zu seiner im Lauf der Erzählung heranwachsenden Tochter; es ist auch der Roman einer Generation, der vom (bloß fingierten?) Jahr 1968, die zumindest das Gefühl braucht, so was wie eine Generation zu sein und sich jetzt als die »enttäuschte« bezeichnet (enttäuscht von sich selber?); und schließlich ist Borns Roman ein besonders radikales oder (weil man auf der erdzugekehrten Seite der Empfangsbereitschaft Superlative braucht) das bis jetzt radikalste Beispiel des Trends der »Neuen Subjektivität« oder »Neuen Innerlichkeit«, von besonders Stimmungsabhängigen als »Neueste Stimmung im Westen« bezeichnet. Die erwünschte Distanz wäre hergestellt – aber wo gibt es dann noch Überlebende?
Zurück ins Reich der Funkstille, ohne geregelte Empfangsfrequenz.
Die Geschichte des Schriftstellers, die von diesem persönlich erzählt wird, setzt ein wie eine Fortsetzungs-Geschichte, mit schon eingeführten Helden: »Den Brief an meine Tochter Ursel zerriß ich wieder und ging nach draußen. Ich wollte es am Abend noch einmal versuchen . . .« Daß der Autor erklärt, Ursel sei seine Tochter, ist nur wie eine Erinnerung an die letzte Folge, die man kennt, ohne sie gelesen zu haben. (»Fortsetzungsgeschichte« ist auch im Verlauf Borns Ausdruck dafür, was sein Held erleben muß.)

Der Schriftsteller, auf der Straße gehend, ist beschwingt und übermütig; die Umwelt strahlt von seinen Gefühlen wieder, erscheint ihm anthropomorph in seiner »hellwachen« Weltoffenheit: »freundlich wehende Vorhänge«, »stolze Häusergeschichten«. Das ist keine übliche verbiesterte, beleidigte, verschlossene Schriftstellerfigur, die fröstelnd und mit Verachtung für sich und alles andre durch die eisige Welt der großen Städte (in diesem Fall: West-Berlin) irrt, sondern ein, jedenfalls zeitweise, »arglistiger«, »durchtriebener« Bursche, mit einer »Menge Gutmütigkeit«. Es ist die Stimmung der großen Romane Raymond Chandlers, mit der die Geschichte einsetzt: ein heiterer Tag, innen und außen, eine gut verbrachte Nacht, kein schwieriger Fall in der Arbeit, ein bißchen Geld auf dem Konto, eine Frau, schön wie eine Erscheinung, die dir durch die Augen in deine schon vergessene Seele blickt – aber du hast Zeit und wartest auf die nächste. So ist auch die Sprache dieses Anfangs: heiter, westküstenhaft, und viele Menschen, die darin Platz finden, selbst eine Frau, die eine Einkaufskarre hinter sich herzieht, »blicklos wie jemand, der in einer Tasse rührt«.
Diese Heiterkeit der Präzision hilft auch später, wenn die Hauptpersonen den Morgenschwung ihrer Gefühle verloren haben, wenigstens der Aufzeichnung ihrer Geschichte weiter. Allein in seinem Zimmer, ist der Schriftsteller gleich »nicht mehr so zuversichtlich ... Ich empfand Schadenfreude über mich selber, aber so, als könnte ich mir damit helfen. Was heißt das, sagte ich mir eigensinnig, das Vorhin war so wirklich wie das Jetzt«.
Dieser Mann ist keine definierbare Gestalt, und das

macht seine Heillosigkeit, seine Unzugehörigkeit aus, aber auch seine Kraft und Herrlichkeit. Viele Impulse seines Wesens versuchen zwar immer wieder, ihn zu einer definierbaren Gestalt kurzzuschließen, zu einem sozial Empörten (einem »Linken«, grob gesprochen); zu einem Metaphysiker, der nur für sich und seine dann endlich befreiten alles umfassenden Blicke auf Fremde und Fremdes existieren will; zu einem Arbeitsmenschen, der aufgehen will in einer schweren, erschöpfenden Arbeit und in den Massen; zu einem bloßen Familienmann, der mit einer Frau und einem Kind nur noch in einer Wohnhöhle sitzen und Bier trinken will, während im Fernsehen ein Film aus einer deutschen Familienserie läuft, wo der Vater am Tisch sitzt und Zeitung liest, »während die Mutter die Kinder in Schach hielt«, und ein junger Mann »einsam und tödlich gekränkt durch einen Wald« läuft ... Aber all diese Ansätze von Figuren, von denen die eine im Verlauf der Geschichte immer wieder in die andre hinüberspielt (und gerade das dauernde Changieren der Figur, die unfreiwillige Umspring-Existenz macht die Geschichte identifizierbar), sind nur voreinander flüchtende Teil-Erscheinungen eines Wesens, das nicht bloß Anstoß nimmt an der Qualität all der Tatsachen, die seine Welt ausmachen, sondern an den Tatsachen, der Welt höchstselbst. Nicht erst, wie etwas ist oder wird, sondern schon, daß es überhaupt existiert, macht für diesen Mann die »Verletzung«, das »Unrecht« aus: daß etwa seiner Tochter beim Radfahren ein Fuß in die Speichen gerät, empfindet er als »ein gemeines Unrecht«, und die Tatsache, daß ein Freund in einem Gespräch einen Vortrag in Kopenhagen erwähnt,

nennt er fast schon verstiegen »eine hinterhältige Machenschaft«.
Er lebt manchmal euphorisch gern, »eine rauchende und dröhnende Figur« mit dazwischen wie weiblichen Zügen (er will seiner Freundin »mit Krallen ins Gesicht fahren«, fühlt sich »wie eine beschwipste Blondine«), listig und frech, dann wieder pathetisch ernst, bleibt aber unversöhnt mit dem Unrecht, daß man sterben muß.
Er wehrt sich, indem er, immer wieder, die bloß noch medizinisch-technischen Existenzen des öffentlichen Lebens »draußen« mit wortstarkem Hohn, oder nur noch stumm in seinem Zimmer, wo keine Zeit mehr sich zu ereignen scheint, boykottiert. »Boykott« ist ein wichtiges Antriebswort seiner Geschichte, die auch »Der Boykott« heißen könnte – keiner freilich nach Art des Oblomow, der im Bett bleibt, oder nach Art des traditionellen Anarchisten, für den es in der weltweiten Kapital-Gesellschaft nur noch verzerrte, oft gar nicht mehr freiwillige, das eigene freie Menschenbild verratende Auftrittsmöglichkeiten gibt – sondern als jeweils nur zufällige, unplanbare und gerade so als Glück empfundene schriftstellerische Apotheose eines je einzelnen, ohne Eigentum, gegen jeden Gemeinschaftsschwindel: »Unerträglich war mir das undeutliche Gefühl, mich in einer Gemeinschaft kennenzulernen und mich gleichmäßig auf die Gemeinschaft zu verteilen ... Gleichgesinnte hatten uns auch nichts zu bieten; wir wollten, glaube ich, von Gleichgesinnten nicht einmal eine Ahnung haben.«
Durch diesen gar nicht mutwilligen, vielmehr notwehrähnlichen Boykott bringt sich der Mann freilich auch um so was wie eine Geschichte: Was ihm nacheinander zu-

stößt, erfährt er als immer das gleiche phantastische Durcheinander, das er am Ende des Buches nicht einmal routinierter aufnimmt als zwischendrin (das wäre ja schon eine Geschichte, eine Entwicklung), sondern einfach nur müder, und vielleicht ein bißchen würdevoller, aber nur aus Müdigkeit. (Auf der erdabgewandten Seite gibt es keine Geschichte.)
Es sind Jahre vergangen im Verlauf seiner Umtriebe – seine Tochter ist vom Kind zum jungen Mädchen geworden, das sich nicht mehr umarmen läßt –, und doch meint man schließlich, es hätten sich nur ein paar aufreibende Tage und Nächte überstürzt, nach denen man zwar, wieder wie bei Chandler, keine Geschichte zurückbehalten, doch, manchmal aus allzugroßer Nähe, »ein paar Leuten beim Leben zugeschaut« hat.
Wenn einmal vergehende Zeit in dem Buch durchscheint, dann nur in der Form wechselnder Jahres-Zeiten: hinter den heftigen Tag- und Nacht-Aktionen (oder -gelähmtheiten) der Menschen fallen die Blätter, bricht der diesige Nebel des Frühwinters herein, und dann ist das Laub an den Bäumen schon wieder so »dunkel und dicht, daß (an den Häusern) nur noch kleine Partien der Fassaden zu sehen waren, wie Zierleisten an Särgen«.
Ansonsten ist die (seltene) Erwähnung der offiziellen Zeit in dem Buch paradoxerweise ein Signal des Lebensstillstands, der Gefangenschaft, der die Menschen zu Dingen verödenden Entfremdung, als Symptom immer wieder tickend in den Momenten und an den Orten geplanter, vorausbestimmter Gemeinschaft: bei einer organisierten Demonstration etwa, wo dann alles sich in Dinge auflöst und es »nichts Ganzes« mehr gibt an den Leuten, heißt es einleitend, fast komisch im Gegensatz

zu dem sonstigen Zeitdurcheinander: »Ich war *am Mittag* schon an der Oper vorbeigegangen«, und bei der Beschreibung eines anderen Gemeinschaftsortes, eines Krankenhauses, liest man fast als Ironie den Satz: »Am Sonnabend, meinem *vierten Tag*, wurde das zweite Bett belegt ...«

Die Erzählung wird linear, wenn es zur Beschreibung von Orten kommt, wo »die eigene, innere Zeit«, die man gegen die offizielle halten kann, »ausgelöscht« ist. Gemeinschaft kann da nicht *entstehen* – weil ihre Entstehung schon *vorausgesetzt* ist, und aus dem spannenden Wirrwarr löst sich ein entspanntes Nacheinander der täglichen Funktionen, »die fröhliche Krankheit zum Tode«, wo das lebende (und schreibende) Ich nur noch als (schwach registrierender) Mitläufer auftritt.

Die »innere Sprache« des Autors (wie Born das nennt), der er sonst »eine präzise Ungenauigkeit« zutraut, wird in solchen ruhigen Zeitläuften, wo die Verwicklungen mit der Welt sich in die öde Harmonie einer (nicht seiner) Geschichte auflösen, ganz äußerlich, wie etwas erst später Nachgeliefertes, und flüchtet sich, die Verzweiflung über die Marionettenexistenz an solchen Gemeinschaftsorten vertuschend, in einen analytischen Gestus (»ich merkte«, »ich sah, wie«, »mir fiel auf, daß«), der zwar manchmal, etwa in der Demonstrationsbeschreibung, zu Ergebnissen führt, die aber, im Vergleich zur sonstigen präzisen Ungenauigkeit der Erzählung, als ein Verrat an dem Lebensdurcheinander erscheinen, weil es Ergebnisse sind. »Mir fiel auf, daß er (ein Kranführer als Bettnachbar im Krankenhaus), wenn er von zu Hause sprach, auch wie von einer Baustelle sprach. Ob Küche, Garage oder Garten, in allem sah er die Ordnungsprinzipien einer aufgeräumten Baustelle...« Das ist zum Glück ein sehr einzelnes Satzpaar aus der erd*zu*gewandten Seite der Geschichte: ganz richtig, ordentlich analytisch, wie das von einem Schriftsteller verlangt wird, und eher trivial.

Der Entpersönlichung eines Wesens in dieser einen möglichen Extremsituation (der bloß formellen, nicht erlebten Gemeinschaft) entspricht also eine unpersönliche (sich freilich bei Born immer noch wehrende) Sprache; der ungleich kälteren, wohl viel schmerzhafteren Wesenslosigkeit in der anderen möglichen Extremsituation, dem völlig beziehungslosen, von jeder Außenwelt abgetrennten Alleinsein, in dem sich der Held – und da erscheint er in der Tat heldenhafter und identifizierbarer als in den Kollektivveranstaltungen – des öfteren »ohne Hoffnung« und »todgeweiht« verliert, antwortet jedoch keine verfügbare, besserwisserisch analysierende Sprache mehr. Und genau hier setzt die zu einem kleineren Teil im Leeren fuchtelnde, dazwischen auch nur schlenkernd versierte, aber im ganzen über das Durcheinander doch triumphierende, glorreiche Arbeit des Schriftstellers Nicolas Born ein.

Im Leeren fuchtelnd erscheint der Schriftstellerheld, vermittelt durch eine ebensolche Sprache, wenn es in der erwähnten Isolation nicht einmal etwas von ihm selber mehr gibt, er diese völlige Leere aber aufdonnert durch eine pausenlos rollende Erwähnung eines Phantom-Ich und seiner behaupteten Gefühle, die in diesem Vakuum jedoch zu Gefühligkeiten schrumpfen: ein Beispiel ist die seitenlang hingezogene Beschreibung vom Aufenthalt des Helden in der Wohnung seiner Freundin, wo er eigentlich nur ist, um ihr für woanders ein paar Sachen zu holen, und doch sich gleich »eine Fremde« auftut, und ihm über dem Anblick einer rissig getrockneten Seife »flau« wird, und er die Vorhänge nicht aufzieht, »aus Angst, meine Anwesenheit zu verstärken«, und einige Tüten glattstreicht, »als ob ich dagegen protestieren wollte«, und die Schranktüren offenläßt »als Zeichen meiner eiligen Zerstreutheit« und »wie ein ferngesteuertes Ungeheuer seinen Auftrag erfüllt«. Es sind die seltenen Passagen, wo in der Sprache nur noch das wesenlose Ich Platz verdrängt, ein Niemand mit den Ich-Ansprüchen einer abgelebten Bourgeoisie-Kultur.

Bloß *versierte Schlenker* (um schon in der Kleinlichkeit wenigstens gründlich zu sein) verniedlichen zwischendurch die fast monumentale Sprache, wenn die handelnden und leidenden Personen einer bloßen Montage aus pointierten Sätzen ausgeliefert werden, die den Eindruck geben, sie seien aus einem ganz unstatthaften, anderen Bereich, dem progressiven Kulturbetrieb, bezogen und in das Lebensdurcheinander der Erzählung als Aha-Erlebnismöglichkeiten eingesetzt worden: »Meine Fragen waren Geldfragen.« – »Im Laufe der Jahre wurden all ihre Möglichkeiten zu Unmöglichkeiten, all ihre Vorteile zu Nachteilen« (Die Freundin). »Sprechend mit vollem Mund zahlte er für den vollen Mund mit Sprechen« (Ein Freund). In diesen Zusammenhang gehören auch die überflüssigen Pflichtübungssätze, in denen das beliebte Fiktionsspiel gespielt wird, die Personen der Handlung seien nur erfunden: »Vielleicht würde ich eine Frau erfinden und sie Maria nennen. Ein Kind von mir könnte ich Ursel nennen.«

Den schließlichen *Triumph* des Buches besorgt jedoch keine laute oder leise Hoffnung auf Lösung des Durcheinanders, sondern, und das ist ein ganz selbstverständliches Paradox, »der schmetternde unaufhörliche Witz dieser Art von Verzweiflung« (der Novalis-Satz aus dem »Blütenstaub« wird einmal auch ausführlich zitiert). Es ändert sich kaum etwas im Gang der Begebenheiten (es geschah eine halbherzige Trennung von der Freundin Maria, eine ebenso halbherzige, in vielem nur als gewollt erscheinende Annäherung an das Kind Ursel, das es bald nur noch als eine fremde Frau geben wird, bei welcher ein Zusammenleben und eine Liebe für immer versäumt wurden) – und doch hat sich schließlich sogar mehr ereignet als bloß eine *Änderung* der tristen Abläufe: Diese wurden vielmehr – und das ist das selbstverständliche Paradox der geglückten Literatur – mit Hilfe des »Witzes« der Sprache *ersetzt* durch ein dingfestes Modell poetischer Sätze, welches die Tristheit und Hoffnungslosigkeit der Begebenheiten aufhebt und sie zugleich in sich aufgehoben bewahrt. Einfach gesagt: Borns Buch beschreibt oder entwirft keine Utopie (wenn es jemals einen Pessimismus, keinen fatalistischen, selbstgenügsam stoischen, sondern einen immer wieder protestierenden, wütenden gegeben hat, dann hier): zur Utopie wird vielmehr seine Sprache.
Über diese (erst einmal pauschale) Feststellung könnte man mit sich selber noch einmal ins Streiten kommen, was die Passagen betrifft, in denen der Schriftsteller die Liebes- und Haßkämpfe, den »Körperwahn« des Paares beschreibt: diese Beschreibungen sind zwar genau, vieles ist sozusagen wiederzuerkennen, »wie im Leben«; doch gerade der Wiedererkennungseffekt, der (jeden-

falls manchmal) durch einen photonaturalistisch und fast sklavisch sich auf den Gang der Ereignisse einlassenden Erzählablauf entsteht, hindert vielleicht, in bezug auf dieses Paar, aber auch auf jedes noch mögliche Paar eine Neuerkenntnis, überhaupt eine Neuigkeit. Errichtet nicht die bloße Wiedergabe hier eine Art vierter Wand vor dem Leser, so daß der sich in seinem eigenen Zimmer wiederfindet, Gefangener der sogenannten Realität, während er mit dem Buch doch gerade dabei war, woandershin zu kommen? Rührt daher die (meine) Klaustrophobie bei der Beschreibung dieser beiden (mir) allzu lebensecht Dahinprivatisierenden?
Unbestreitbar wird aber das Glück an dem tristen Stoff, wenn der Held (wie Philip Marlowe, der ja auch am besten ist, wenn er sich in keine privaten Affären einläßt) sich allein weiß, vergessen von allen – versunken die Kindheit, versunken die Eltern –, und doch nicht vergessener als all die Fremden dicht herum, für die er dann, sich ganz an sie verlierend, dabei doch die Kraft des Blickes und der Sprache gerade aus der Erfahrung eigenen Unglücks, ehemals an ihm selber begangenen Un*rechts* beziehend, ein elegisches, böses, gewalttätiges Pathos aufbringt, »wie es aus dem Anschaun des eigenen Lebens kam« (Doderer).
Das ist die Beschreibung einer Stadt im Ruhrgebiet, die großartige, beschwörende Abfeier ihrer Menschen: »Die ganze Stadt glomm nur schwach durch Nebel und Dämmerung, und es kam mir vor, als geschähe hier auch nichts mehr. Ein paar Körper bewegten sich in der Dunkelheit wie nichtswürdiges, an zufälligen Rändern und Kanten entlangkrabbelndes Ungeziefer ... Hinter den Scheiben eines Schnellrestaurants, dessen Eingang von

einer Jalousie verschlossen war, konnte man in der schwachen Nachtbeleuchtung Hocker und hohe Eßtische erkennen. Ebenso waren die Schaufensterpuppen nur schwach beleuchtet zu ihrer Sicherheit: wie wirkliche, wirklich gewordene Gespenster hielten sie inne in ihrem Leben, in einer Phase ihrer Bewegung, ihres Gehens, ihrer unheimlich verbindlichen Abwesenheit. Gleichzeitig erschienen sie aber wirklicher und faßbarer zu sein als ihre Kopien, die sich an den Fassaden entlangdrückten und sich und allen auch die Verlassenheit verschwiegen ...«

Das ist die Beschreibung des Brandenburger Tors, das der Schriftsteller seinem Kind vergeblich klarmachen will: »Es war kalt, und eine Geschichte kam mir zu dem Anblick gar nicht in den Sinn, höchstens etwas Starres, Gefrorenes, das öde war und nichts mehr bedeutete. Kahles Buschwerk, einzeln parkende, wirklich verlassen aussehende Autos, eine klare, milchige graue Luft, die unbeweglich schien, ein paar Wachfiguren, die schon erfroren auf Befehl. Das Leben, wenn es Leben gab, war zurückgedrängt in die Büsche. Und die Geschichte, wenn sie je stattgefunden hatte, war zugefroren in den Weihern und Tümpeln des Tiergartens. Wie ein Peitschenknall riß das Eis. Ein Japsen toter Seelen ...«

Hier, in der leidenschaftlichen Klage über zukunftslose Wesen in einem Weltraum, der zu einer einzigen toten Ecke leergeräumt ist – das ist nicht bloß eine Stimmung des Buchs, sondern seine Existenzgrundlage –, erstrahlt die präzise Ungenauigkeit der Bornschen Sprache am reinsten und glücklichsten und zeigt, altes Paradox, in ihrem poetischen Schein die Perspektive auf eine Zukunft, in der es auch für die an den Rändern krabbeln-

den Leute wieder Möglichkeiten gibt: Die Klage war keine Totenklage.
Um den Schriftsteller im Buch macht man sich nach all dem keine Sorgen mehr; will sich auch keine machen: er erscheint ohnedies zuletzt als eine unverwüstliche Figur, wie Marlowe, Uwe Seeler oder Berti Vogts; viel unverwüstlicher, weil er geeicht ist dadurch, daß ihm alles Menschliche immer ziemlich bekannt war.
»Restlos ging das Geheimnis der Wesen auf in Beton« (aus einem Gedicht Borns über Leute in einer Fußgängerzone): Die Leistung dieses Buches ist (über alle routinierte »Sozialverzücktheit« hinaus, die »das letzte Geheimnis« aus uns herauswäscht »wie einen Dreck«) die Re-Poetisierung, also die Wiederherstellung der Sorge, des Mitgefühls, der Gemeinsamkeit in der Entferntheit mit Hilfe einer Sprache, die, selber ohne Geheimnistuerei, auf dem Geheimnis der Wesen beharrt, gegen den mechanistischen Herrschaftsapparat der sie zu Tode definierenden Schreibtischtäter; es trägt bei zur Rehabilitierung der Literatur.

Die Verlassenheit

Ruckhaft stand ich auf
(mit dem heißen Gesicht eines Wahnsinnigen)
Der Boden des Raums spiegelte
und die Dinge lagen zur Hand
wie ausgerissene Pflastersteine
In die wegstiebende Katze schlug mein Messer ein
Es gab bis über die Höhe der Augen
keine Außenwelt mehr

Wendungen

An den Morgen

Aufgewacht vor dem morgenhellen Himmel:
Über die noch dunklen Dächer
treibt aus den Kaminen schon langsamer Rauch
Die Vögel: *Sine fine dicentes*
Und alle Lieben leben

An den Winter

»Dieser Herbst dauert schon zu lang.
Immer noch das Gewackel in den Bäumen.«
Sinnverwirrtheit
und Raumnot.
Die in Räumen vergehende Jahres-Zeit
abgeflacht zur üblichen Ewigkeit.

Doch heute drehten sich die einzelnen Blätter im klaren Winter.
»Neue Kälte, neuer Raum um die Häuser,
und das Himmel-Hinterland!«
Ich freute mich,
ertrug eine Unordnung
und verrichtete kleine Arbeiten

An die Henker

Man nennt euch »Bande«, »Mörder«, »Verbrecher«.
Mörder und Verbrecher muß ich manchmal verstehen,
weil ich mich selber verstehen will.
Ich könnte z. B. ein Totschläger sein, d. h. ein Verbrecher.
Ihr aber tretet auf als »Kommando«, »Brigade«, »Armee«
macht »Gefangene«
steckt sie ins »Volksgefängnis«
und »exekutiert« sie.
Ihr seid keine Mörder, keine Verbrecher – meine Brüder –,
sondern Soldaten, Richter und Henker.
Wer versteht einen Henker?
Ausgeburten der Geschichte
die mich mir unverständlich macht:
Ich verstehe euch nicht
und verachte euch
wie eure Vorfahren

Im Jenseits der Sinne

Ein Versuch über Christian Wagner

Es ist geschehen / Es ist getan: / Des Lebens Sorgen gehen / Mich nichts mehr an.«

Christian Wagner schrieb diese Verse als Betrachtung eines düsteren, von Tannen und Kiefern umstandenen Waldsees, gegen Ende des 19. Jahrhunderts in dem kleinen schwäbischen Dorf Warmbronn, das er jeweils, sei es in seinem Testament oder in seinen Büchern, hinter den eigenen Namen zu setzen pflegte: »Christian Wagner von Warmbronn« oder »Christian Wagner–Warmbronn«.

Der Mann, der seine Gleichgültigkeit als Geschehnis und als Tun erlebte, war zu der Zeit gut fünfzig Jahre alt, Bauer auf dem kleinen Anwesen, das er von seinen Eltern – er war der einzige Sohn – sehr früh geerbt hatte; im Winter zeitweise Holzfäller und Tagelöhner. In seiner ersten Ehe hatte er vier Kinder gezeugt, die alle noch im Säuglingsalter gestorben waren; bei der Geburt des letzten starb auch die Frau. Mit der nächsten, der eigenen Cousine, hatte Wagner vier weitere Kinder, die alle am Leben blieben; jedoch starb die zweite Ehefrau im Wahnsinn, an Nahrungsverweigerung. Ein Schwiegersohn, beim Wildern ertappt, erschoß sich. »Was gibt dem Leben erst die rechte Weihe? / Das Sterben ist's, das selbstgewählte, freie. / Der Vorsatz stolz, sich von dem Stoppelweiden- / Auftrieb der Herden einmal auszuscheiden.«

Über die Jahrzehnte – Wagner ist vor fast sechzig Jahren

gestorben – ist dieser Poet eine Figur geblieben, sein Werk eine Legende: Legende auch in dem Sinn, daß dieses oft nur als Unterschrift die durch Lebenslauf und Auftritt zum Bild gefügte Person begleitet, jedenfalls in der Öffentlichkeit. Selbstverständlich gibt es die »Kenner des Werks«: keine Pedanten oder Kulturbedürftige, sondern Leute, welche lieben, was sie kennen, weil sie es kennen. Doch gerade die Tatsache, daß ein Werk Kenner (und Bekenner) namhaft machen muß, zeigt dessen ausgebliebene Weltreise ins Öffentliche. Dabei war Christian Wagner nicht etwa eine autistische Schmerzensgestalt, der man seine schönen, tiefen Inbilder nur ruckhaft entlocken kann, wie heutzutage dem Dichter Ernst Herbeck, genannt »Alexander«, sondern ein sprech-, schreib- und überhaupt äußerungsfreudiger Autor, der sich als öffentlicher Dichter verstand, als Prophet, Prediger, »Johannes-der-Täufer-Figur« für alle.

Daß seine Botschaft die Welt nicht ganz erreicht hat, liegt aber nicht nur an der letzteren: Sein Werk ist eben mehr Botschaft als Werk, das sich aus sich, für sich entfaltet, ohne Glaube, gute Meinung, Teilnahmebeteuerung (diese alle vielmehr zur Energie des freien Sprechens verwendend): Es ist weniger Entfaltung als Stellungnahme. Viele Passagen in Wagners Büchern, wenngleich, so Werner Kraft, »Zeugnisse einer selbständigen und eigentümlichen Gedankenwelt«, sind eben, indem sie nur glauben und meinen und, vor allem, in Bild, Erfindung und Ton, bloß nachbeten, eine sprachleere Masse, ein raunend schwätzender Wust. Von den zahlreichen, aber gar nicht mannigfaltigen Balladen Christian Wagners (mit Zwergen, Rittern und Jungfrau-

en) bleibt zum Beispiel der Eindruck, daß, wo schlechte Sprache und schlechte Phantasie sich verbinden, einfach nur schlecht gelogen wird.
Die »zehn oder zwanzig unvergänglichen Gedichte« (Robert Minder) fordern also ein Heranarbeiten durch Geduld, Zuneigung – und das schlechte Gewissen, welches in einem ziemlich reflexhaft erwacht vor der Existenz eines Bauernpoeten mit höchstens drei Rindern im Stall (Wagner hat im Lauf seines Lebens zwei Dutzend Schuldscheine unterschrieben). Es waren demnach immer nur einzelne, die sich, und dann eben fast nur für sich, die großen Gedichte Wagners erobert haben; die Gruppen (Vegetarier, Natur- und Tierfreunde, Anthroposophen) beanspruchten eher seine Person, die sie sich (warum auch nicht?) errichteten aus Zitaten. Aber auch an den Zeugnissen der einzelnen über ihn ist auffällig, wie geradezu regelmäßig das Gedichtete überstrahlt wird von der Erscheinung des Dichters: als sei es unmöglich, Wagners Gedichte zu erleben, ohne den Verfasser dazu zu sehen.
»Ich kann nicht an Sie denken, ohne Sie wieder so zu sehen, wie Sie damals ... von mir Abschied nahmen«, schrieb Hermann Hesse in einem offenen Brief zu Wagners 80. Geburtstag. »Sie standen noch einen Augenblick, mich mit Ihrem hellen Blick festhaltend, und Ihre greise, kleine Gestalt ist mir seither für immer so im Gedächtnis geblieben.« Auch Gustav Landauer redet von dem alten Mann »in seiner Bauernstube ... mit einem großartigen Glanz in den Augen«; und der Schriftsteller H. E. Blaich berichtete im Weltkrieg seinem Freund, dem Soldaten Tucholsky, von dem greisen Poeten »in seiner Stube; die Katzen steigen an ihm auf

und ab wie die Engel an der Jakobsleiter; von Zeit zu Zeit zwitschert er geheimnisvoll vor sich hin und spielt mit bunten halbmetaphysischen Seifenflocken«.
Einerseits ist eine solche Bildwerdung eines Poeten sicher ein Zeichen der Verlegenheit und Herablassung; besser: einer Herablassungsgebärde aus Verlegenheit im Umgang mit dem Werk; zum andern aber hatte sich Wagner, so zeigen es alle Photos (und er wurde auffällig oft photographiert, dasitzend wie ein entdeckter Entdecker), wohl tatsächlich, indem es ihm, gerade ihm, gelang, seine Leiden in eine Form zu erheben, auch persönlich zu einem stolzen Bild aufgerichtet. »Wenn du findest, was dich lieben mag, / Hast du das Verlorne neu gefunden.«
Einem seiner späteren Verehrer, der ihn beim erstenmal nur zufällig traf, auf einem Waldweg, ohne etwas von ihm zu wissen, begegnete er als »bäuerlich anmutiger Waldgott, eigenköpfig und keineswegs auf Freundlichkeiten aus«. Und in der Tat, auch wenn man der raschen Mythologisierung nicht folgt, ist die Person Christian Wagners eine, die das üblich Menschliche schon, notgedrungen, hinter sich hat, und die Gedichte werden, indem sie (und der Autor mit ihnen) ein Maß der Leiden gefunden haben, »Lieder jenseits der Menschen« (Paul Celan); darin auch unheimlich – so wie der Mensch Wagner unheimlich wirkt: ein Schmerzmineral, selber unverletzlich, durch alle nur denkbaren Katastrophen kristallin geworden; jedoch zugleich das Auge jedes andern verletzend, der in einem solchen Kristall die eigene Zukunft voraussieht. »Darum nur sollst du es nicht erkennen, / Dein Verlornes in dem bunten Spiel, / Daß du alles mögst das deine nennen, / Statt des wen'gen lieben künftig viel.«

Wagner, durch das Erlebnis des Verlusts, konnte von sich und den andern wollen, was er so oft »das Göttliche« nannte (»Heilge dich, Mensch!«); dieses Göttliche aber, gerade durch das Verlust-Erlebnis, war nicht das Über-Menschentum einer Machtanmaßung, sondern das Los-Sein (im täglichen Existieren) und das Los-Sagen (im Schreiben) vom Allzumenschlichen. »Stolz bleiben aufs Äußerste!« schrieb er in einem Brief an Gustav Landauer. »Stolz wie ein Gott! – Aber nicht ein Übermensch wie Nietzsche! Nicht ein Gewaltmensch wie Alexander, Cäsar, Napoleon I. – Die Eroberung der Welt, d. h. der Menschheit, muß auf friedlichem Wege zustande kommen, ... so etwa im Sinne Buddhas, durch Belehrung und Liebe, doch ohne dessen Askese. Keine Askese! Das ist's, was ich am Kirchentum so unversöhnlich hasse! Vielleicht deshalb, weil ich in meinem armseligen Nest hinten und vorne Askese bin.«

Für Wagner war die Vernunft, wie sonst für so viele, keine Maskierung, keine bloße Person-Vortäuschung; er war von ihr durchdrungen als von einer Lebensart und konnte gerade deswegen in seiner Poesie so frei schalten: Das Mystische bei ihm ist nichts als die siegreiche Wahrnehmungsfähigkeit eines befreiten, durch und durch vernünftigen Menschen; die Welt, »folgsam der mächtigen Beschwörung meines Wollens«, tut mit einem »Zeichen des Einverständnisses ihre bewußte Nähe kund«; »im Jenseits deiner Sinne«.

Am klarsten wird das Göttliche, das Christian Wagner will, in dem Vers: »Ihr seid zu groß zum Herrschen und zum Dienen« – und aus solcher Art Mystik, welche, die Vernunft in sich behütend, sich zugleich von dieser abstößt, erklärt sich auch die soziale Kraft der Wagnerschen Botschaften: Sie sind sozial aus Mystik. »Manche reißen einen großen Teil (der) Ernte an sich, aber das heißt das Glück aus der Ewigkeit heraufholen ...« Im Weltkrieg, um das Verfassen von Kriegsliedern angegangen, meinte er nur: »Das Heldentum des Nitroglyzerins erkennen wir nicht an!« In dem Aufsatz »Eindruck des entsetzlichen Weltkrieges auf friedliche Menschen« wünschte er sich einen »Apparat für Konzentration des Willens«, der die Zerstörung aufhielte. Er verachtete die Bürger (»der Bürgersmann, der alles klein verdauen kann«), fühlte sich aber auch vom damaligen Sozialismus nicht angezogen: In der sozialdemokratischen Zeitung hatte er »im Lauf einiger Jahre nur Eines, sage ein schönes Gedicht gelesen / gefunden. – Bei diesen ist gar nichts los.« (Der Text – ein Brief an Hesse – geht weiter: »Und bei den Christlichen, den Frommen ist's fast noch weniger. Bei diesen ist Dummsein Frommsein.«)

Wagner hat sich auffällig oft, in fast allen Vorreden zu seinen Büchern, als »einfältigen«, »ungelehrten«, »armen« Landmann bezeichnet (»Doch etwas ist zu schätzen an dem Blöden: / Mit Geistern und mit Blumen kann er reden«): Dabei war er nie bescheiden, sondern nur listig, pfiffig, schlau; in manchem das »Bäuerlein« der Märchen (nur daß er, sobald er selber Märchen schrieb, nie als gute Seele im Text war: Die Verse klikken da mit der bloß mechanischen, geliehenen Phantasie des sowohl von der gebräuchlichen Kunstliteratur als auch von der üblichen Volkskunst Isolierten, und die leichtsinnigen Metamorphosen der Naturerscheinungen – Spinne/Satan; Bachstelze/flinkes Stadtmädchen – sind dann in schlechtem Sinn Predigerfloskeln).

Seine Gönner draußen in der Welt haben sich darum gesorgt, daß Wagner nicht als dichtender Bauer aufträte. »Wahrhaftig, Sie sind nie ein ›Bauerndichter‹ gewesen!« schrieb Hesse. »Sie haben nie den Stolz Ihres Handwerks, Ihrer Kaste gefühlt und besungen. Sie haben auch nie, wie die schlechteren Bauerndichter es immer tun, sich abseits Ihres Tages eine aus gelesenen Romanen genährte Phantasiewelt geschaffen ...« (Das letztere hat Wagner freilich, wenn er zu erfinden vorgab, doch getan.)
Zum andern hat gerade Hesse den schwäbischen Bauern anregen wollen, im Dialekt zu schreiben. Christian Wagner antwortete: »An Dialektdichtungen kann ich absolut keinen Geschmack finden. Freilich: unser Dialekt hat eben so gar keinen Wohlklang, und ist nach meinem Empfinden nur eine Entwürdigung, eine Profanierung der Sprache.« Hesse verstand das und meinte, der Dialekt, »zumal der schwäbische«, sei »wohl nur der groben Komik günstig«. (Wagners Gedichte sind nie komisch; wenn er Komik will, wird er kindisch: das Kindische des Heiteren – entsprechend Novalis' Blütenstaub-Satz: »In heitern Seelen gibt es keinen Witz.«)
Trotzdem stehen, spärlich und immer nur als einzelne Wörter, Regionalausdrücke bei Wagner: ein Wort wie »hirndipplich« etwa: Die Bauern trinken, bis sie »hirndipplich« werden. Und wenn das bäuerliche Leben in der zweiten Hälfte des 19. Jahrhunderts auch hauptsächlich als bloßer und sehr vager Ausgangspunkt für die »Seligkeitswanderungen« erscheint, auf denen sich die »Seligkeitswandlungen« ereignen, so dient es doch häufig als irdisch-ländliche Metapher gerade in Wagners universalsten Gesängen, nicht anders als bei Hesiod,

Homer und Lukrez. So heißt es etwa in dem Gedicht »Ätherfahrt« von dem Planeten Jupiter: »Der steht wohl da wie eine Weltenscheuer, / Doch ists in seiner Nähe nicht geheuer: / Es flattern um das alternde Gehäuse / Planetlein wohl, als wärens Fledermäuse. / Unfern davon ein Meteorenrasseln, / Wie Maienkäfer von den Bäumen prasseln; / Und seine Monde treten aus den Bärnen / Roßknechte sinds mit ihren Stalllaternen ...«
In einem andern Gedicht bewegt ein Lied sich dahin »Wie mit langsam steifen Schritten / Ochsen treten das Geleise«. Ludwig Hohl zitierte vierzig Jahre später in seinem Argument gegen die »Dialektförderung« (»Einschmeicheln«) ein Epigramm Hölderlins: »O den Menschenkenner! er stellt sich kindisch mit Kindern, / Aber der Baum und das Kind suchet, was über ihm ist.«
Christian Wagner wollte kein Heimatdichter sein; die Bewohner seines Dorfes haben ihn auch eher als Sonderling, »Eigenbrötler«, verspottet: weder Landschaft noch soziale Zugehörigkeit waren eine Heimat für ihn; der einzige Mythos, in dem er sich wiederfand, war »das Sprechen seiner Sprache«: Diese aber hatte er erst erlangt durch den Verlust seiner Familie – in den Blumen und Faltern erschien ihm der Geist der Toten, sich auf ihn übertragend als Sprache: Wagner bekam eine Stimme, wurde eine Stimme. »Was ich geschrieben habe, war Inspiration ... Fähigkeit des Schweißhundes, fremden Fährten nachzugehen.« Und diese Inspiration sprach sich in Versen aus, die, im Glücksfall, die natürlichsten Dinge der Welt waren. »Warum besteht eine notwendige Beziehung zwischen dem zutreffenden und dem musikalischen Wort?« schrieb Meister Flaubert an George

Sand. »Warum gelangt man immer zu einem Vers, wenn man sein Denken ... zusammenpreßt?«

Manchmal freilich – und das nicht bloß in den Balladen – behauptet Wagner »die geheimnisvollen Instinkte und Ahnungen« nur im erstarrten Schema derselben: Seine »Inspiration« ist vorgetäuscht durch das gewollte (nicht einmal bemühte) Herstellen von deren Gemeinstruktur; das Ergebnis: der Rhythmus leiert in den um alles Erlebte erleichterten, dadurch zu Versatzstücken entsinnlichten Bildern. In dem schönen Poem »Mein Leid« hat Wagner selbst sein poetisches Dilemma am klarsten ausgesagt: daß seine Poesie, überhaupt erst bewegt durch den Trennungsschmerz, in Gefahr gerät, nur noch als Geschreibsel zu erscheinen, wenn der Schmerz durch die Zeit geheilt ist. »Zwar heilt die Zeit der Trennung herbsten Schmerz; / Doch ein Gedanke fällt mir schwer auf's Herz: / Ob nicht nach Jahren, trotz des Sohns Bemühn, / Am Ende möcht auch seine Lieb verglühn?« Manchen Gedichten Wagners, auch wenn sie von den »heilgen Toten« reden, fehlt die geistesgegenwärtige Liebe, welche erst eine poetische Beschwörung hervorbringen und die Gemeinsprache bewegen kann – sie gehorchen einem ein für alle Male erworbenen Glauben, wie eincr grammatikalischen Regel; eine große Versmasse ist also, statt Beschwörung aus Liebe, Glaubensdeklamation.

Dieser Glaube war der an die ewige Wiedergeburt alles Lebendigen; an die Seelenwanderung. Wagner hatte ihn sich jedoch nicht angelesen: Er war, mochte er sich auch als »fiktiven Brahminen« bezeichnen, seine höchsteigene Idee, seine persönliche Erleuchtung, ihn immer mehr erfüllend mit jedem neuen, von ihm schließlich als

»Schicksal« erlebten Verlust. (Er hat den Koran gelesen, aber kaum buddhistische Überlieferungen.)
Die Idee der Wiedergeburt war der einzige »Gedanke« in Christian Wagners Leben; doch da die Idee aus dem Leiden entstand und das Leid wesentlich unendlich war, reichte sie, als persönliche Religion, für sein ganzes Leben; und als poetische Energie für einige Gedichte, so selbstverständlich, in Fragen antwortend, in Verkündungen erzählend, in Predigten erinnernd, in Bildern verheißend, daß tatsächlich, in der »verhutzelten« Figur des schwäbischen Bauern (welcher Hermann Hesse einmal fragte, an welchen »Preisausschreiben« er sich mit seinen Gedichten beteiligen könnte, um Geld zu verdienen) die Idee des wie seit dem Anfang der Zeiten, durch alle Verwirrungen der Geschichte, zu allen Leuten sprechenden Weltgeists erscheint: Ideal der Poesie, ideale Poesie – deren Wirkung (wenn man für sie nur offen sein will) das tiefste soziale Erlebnis gibt: die Seelenwanderung zwischen den Lebenden.
Christian Wagner glückt diese Im-Anfang-war-das-Wort-Sprache (ja, seine großen Gedichte sind schöne Zufälle) immer dann, wenn der bloße Wiedergeburtsglaube nichts mehr zu sagen hat und die Wieder-Erscheinung im sinneslustigen Aufnehmen der Form, der Farbe, des Dufts einer Pflanze, der Bewegung eines Schmetterlings, der Stimme eines Vogels ganz gegenwärtige Vision wird. In der Aktualisierung des Trennungsschmerzes durch die sich plötzlich offenbarende Natur vergeht dem Christian Wagner alle sonstige Seelenwanderungs-Rhetorik, und »es wird das Wort«: »Antwortsagend/Fragesingend/Duft und Lieder.« Diese Lieder sind dann keine Religionsreimerei mehr, son-

dern Verdichtung des religiösen Erlebnisses, bei der klar wird, daß alle Weltreligionen, auch jene, über deren komplexes System wir im einzelnen vielleicht nicht informiert sind, »keine Lehre« darstellen (so Wittgenstein in den »Vermischten Bemerkungen« über das Christentum), »keine Theorie darüber, was mit der Seele des Menschen geschehen ist und geschehen wird, sondern eine Beschreibung eines tatsächlichen Vorgangs im Leben des Menschen«. (»Denn die ›Erkenntnis der Sünde‹ ist ein tatsächlicher Vorgang, und die Verzweiflung desgleichen und die Erlösung durch den Glauben desgleichen. Die, die davon sagen ..., beschreiben einfach, was ihnen geschehen ist ...«)
Der »ländliche Dichter« Christian Wagner (so bezeichnete er heiter sich selbst) dürfte freilich immer (tröstend-drohend) aktuell, grausam und fremd erscheinen: ewig aktuell und grausam in seiner leidenschaftlichen Idealität (die einige an den zweiten Teil des »Faust« erinnert): »Dein ist Alles, all und jede Wonne, / Wann sie aufgeht dir als eigne Sonne; / Jeder Tag, vom Licht emporgetragen, / Wann er aufgeht dir als eignes Tagen.«
Als Fremder wirkt Wagner in unserer Literatur nicht etwa, weil er »weise« ist (Wittgenstein: »Weisheit ist etwas Kaltes, und insofern Dummes«), sondern indem er so unschuldig, besser: so schuldlos wirkt. Daher kennt er auch kein Mitleid: seine Jugenderinnerungen an die anderen »Eigenbrötler« seines Dorfes sind seltsam herzlos (was er selbst für ein Problem seines Prosa-Stils hielt, der sich anhöre »wie Arbeit eines Holzhakkers«).
Wagner scheint, ganz heidnisch, nie die »Erkenntnis der Sünde« gehabt zu haben, nie das Erlebnis der Schuld,

den Schmerz eines Versäumnisses – Bewußtseins-Vorfälle, die zur großen Epik führen (können). Sein bewältigter Schmerz, wenn er prosaisch (und das heißt für ihn: uninspiriert) bleibt, wirkt tatsächlich als dumme Kälte eines Weisen; als grausame Harmlosigkeit – als bedingten da Abgeklärtheit und Harmlosigkeit einander.
In den Glücksmomenten seiner Sprache aber ist der Lyriker Christian Wagner den Epikern überlegen: als Schuldloser braucht er sich nicht auszubreiten wie diese. Er redet nur, »fragesingend, antwortsagend«:

Kannst du wissen, ob von deinem Hauche
Nicht Atome sind am Rosenstrauche?
Ob die Wonnen, die dahingezogen,
Nicht als Röslein wieder angeflogen?
Ob dein einstig Kindesatemholen
Dich nicht grüßt im Duft der Nachtviolen?

Zu Alfred Kolleritsch

1

Alfred Kolleritsch hat lang gebraucht, bis er anfing, den Roman »Die Pfirsichtöter« zu schreiben. Aber dann ist das Schreiben, glaube ich, etwas ganz Selbstverständliches und schließlich Unaufschiebbares geworden. Aufgeschoben hat er dann nur, leider, die Veröffentlichung.

Vorher hatte er vor allem Gedichte geschrieben, die, ausrufend, zitierend, verhöhnend, auf die politischen und religiösen Monster in der steirisch-österreichischen Landschaft hinwiesen. Die Gedichte waren mehr Vorwegnahmen von Taten, die man sich in dieser Landschaft nicht leisten konnte. Aber sogar über die Gedichte gab's manchmal eine Aufregung wie über ein Delikt.

Die philosophische Sprache, in der Lyrik noch als natürliche Ausdrucks- und Verständigungsform verwendet, als Umgangssprache, in der etwas mitgeteilt wird, wird in den »Pfirsichtötern« auf ein allgemeines Modell philosophischer Sprache abstrahiert: es wird nicht mehr philosophiert, sondern der historisch gewordene Sprachschatz der Philosophie wird gesammelt, montiert und innerhalb mehrerer Erzählungen zu Poesie verwertet. Trotz des Zitierens philosophischer Grundmodelle sind aber »Die Pfirsichtöter« keine Parodie auf philosophisches Vokabular – dieses wird vielmehr geprüft auf seine Brauchbarkeit, als literarisches Modell vom Leben bestimmter Menschen zu einer bestimmten Zeit in einer bestimmten Landschaft zu erzählen.

Alfred Kolleritsch ist ein freundlicher Mensch mit einem ziemlich bösen Blick. Mit diesem bösen Blick für die ihn umgebenden Zustände und der Freundlichkeit für die einzelnen Leute hat er auch sein Buch geschrieben.

(1972)

2

Der tiefe Atem

(Rede zur Petrarca-Preis-Verleihung über den Gedichtband »Einübung in das Vermeidbare«)

Es wird schwierig sein, lieber Alfred Kolleritsch, sich Dir, wie Du es verdient hast, zu eröffnen, über die Kundgebung reiner Freude hinaus, darüber, daß Du das Gewaltige geschafft hast, im Verlaufe Deines Unterwegsseins mit den Gedichten, Sätze schreibend Dinge zu sagen. Erst den Atem beraubend, dann ihn ändernd, dann vertiefend, ist in Deinem Buch der Prozeß zu verfolgen von der schamhaft tändelnden Schriftstellerhaltung unseres ausgehenden Jahrhunderts zurück (und voraus) zum schamlosen Ernst des archaischen Zungenredners; »klösterlich«, »mönchisch« nannte Nicolas Born, in einem einleuchtenden Paradox, Deine mit Feuerzungen redenden Liebespoeme: im Zustand der Liebe als einer Gnade: »Daß du da bist, / daß ich da bin, und die glühende, / schmelzende Grenze zwischen uns.«
Die Begeisterung über Deine Gedichte schließt nicht die Analyse aus, macht vielmehr erst die Lust zu derselben. In Deiner so selbstverständlichen, nicht gewollten, sondern sich dringend ergebenden philosophischen Sprache entdeckt man sich selber als Philosophen wieder – seit der Kindheit war man Philosoph. – Das ist Deine sanft-unabsichtliche Lehre.
Zu Beginn seines Abenteuers mit vorliegenden Gedich-

ten gibt Herr Kolleritsch ein Bild von sich als das eines ziemlich zeitgenössischen Schriftstellerbastards; Lehrer, Literaturzeitschriftherausgeber, Verfasser eines Gedichtbandes und zweier Romane, in denen das eingeübte Sprachspiel der studierten Philosophie, wenn man kleinlich sein will, »vielleicht doch an manchen Stellen noch ein wenig ...« usw. Eine ähnliche, nun aber eingestandene Zaghaftigkeit leitet auch die »Einübung in das Vermeidbare« ein: »Meinen Einfällen vertraue ich nicht ...«

Die Sprache des Beginns ist noch nicht ganz zum Sprechen befreit, sondern gehorcht teilweise so gefinkelt wie mutlos einem aktuellen Schreibkodex: »Das Finden reizvoller / als das Suchen, /das gefundene Fressen / angenehmer als der Hunger. – ... ich halte mich hin, / aber wie ein Saugnapf.« – Wortspiele, die sich, als naheliegend, bloß mechanisch einstellen; der nicht vermiedene Magnetismus der »Gedicht-Sprache«: als starte unser Autor trickreich mit einem Idiom, das er selber gar zu gut versteht. (»Ich sage zu *mir*«, heißt es im ersten Gedicht: Ein verzagtes Selbstgespräch.) Es schreibt noch der Sklave eines Vorverständigungssystems, an das die Identität notgedrungen zeitweise verkauft wurde. »Das Innere von früher war geborgt«: so die Anfangs-Einsicht. Auch in der Grammatik wird niemand angeredet in diesem ersten Gebilde: nur das Ich, das mit sich von sich spricht, sattsam bekannt. Die herrschende Stimmung des Beginns (so wie die allzu lang schon herrschende Stimmung dieser Jahrzehnte): ALLES IST BLOSS WIEDERHOLUNG.

Doch dann, schon im zweiten Text, gleich die Wucht eines ungeklärten, mystischen Zeitsprungs: »Seither ist alles anders. / Ich ging einen Schritt über mich hinaus.« Und die jähe Folge: Erstmals, als Erscheinung, das wunderbare Du in den Gedichten, diese für alles Kommende mit der Kraft des Zusammenhangs, dem Stolz einer Geschichte, dem Pathos eines Gesangs befeuernd: das Du erscheint, weil es geliebt wird.

»Du hast mir die Todesanzeige gezeigt. / Ich strich dir das Haar ins Gesicht.«

Und zugleich der Klang vom ewigen Selbstzweifel des Liebenden: »Unnahbar, zu unnahbar bin ich. / Nimm dieses glänzende Stück Eisen / und schlage die Wände ein.«

Das ist Deine Wucht, Alfred Kolleritsch: das zeitgenössische Bewußtsein der Schwächlichkeit, der bloßen Wiederholung der Geschichten erfaßt zu haben – und zugleich ergriffen sein von der unerhörten Begebenheit Du, welches Dir eine Sprache gibt, in der Du es neu erfindest, dabei doch auf der dauernden, nicht nur aktuellen Zwiegespaltenheit der Wesen bestehend.

Zu solcher Gespaltenheit paßt, daß der Autor im heiligen Zustand der Liebe überall Feinde sehen muß; es ist ein Buch, in dem es von Feind-Vokabeln wimmelt: »Die Nominalistenhorde rät mir / zu schreiben. / Du bleibst das ›Besondere‹.« – »Das unbewegliche Widerspruchsgesindel / braucht eine andere Bühne ...« – »Abköche, /die nicht lieben, / daß wir Speisen genießen.« Und selbst die Bilder personifiziert zu Feindlichem: »Sie fielen auf mich, / eine Rotte, / sie trug dich fort.« – Bis schließlich in der Sehnsucht nach der abwesenden Geliebten alles nur noch als »feindlich im Kreis« stehend erscheint.

Hektisch beschwört der Liebende andrerseits in seiner

Isolation die Freundschaften: »Der Freund, / dem ich mein Leben als Atemschaum zeigte.« – »Diese Gedichte waren Vorwegnahmen / von Taten, schrieb ein Freund.« – Und doch treiben endlich »Freund und Feind ... / auf dem Scherbenberg, wo die Straßen enden«; stehen »draußen« und halten »die Welt auf Distanz«.
Das Ich der Gedichte ist jedoch nicht distanzlos, sondern, für eine Zeitlang, die Welt geworden: das macht allein zuerst seine Größe aus – und dann auch, daß es seine Rückfälle in seine Meinung von sich als etwas von der Geschichte zu Ende Definiertes (die Wiederholungsvorstellung) nicht wegdichtet: immer wieder redest Du von einem bloßen »Spiel«, von »Bühne«, von »Vorhängen«, von der »beweglichen Tragödie«. – »Diesem Schmerz sehe ich wie einem Tänzer zu, / der ungelenken Marionette. / Der Bühnenstaub fliegt auf, altes, zerbröseltes Theater.«
Im Fortgang Deiner Gedicht-Geschichte allerdings (ja, die Gedichte sind auch als eine Entwicklung zu lesen) sagst Du immer öfter: »Das Spiel ist aus«, »das Spiel war aus«. – »Du bist stumm, / ein beendetes Spiel.« – »Wenn ich zu dir auf die Bühne komme, / ist das Spiel aus. / Wir gehen hinaus. / Wo das Meer ist, /könnte ich schwimmen, / wären wir eins geblieben.«
Die »Einübung in das Vermeidbare« ist eine Erzählung vom abenteuerlichen Verlauf einer Liebe: es wird also auch erzählt von der Angst dabei: vom Zeichensehen in der Angst, und wie, wenn die Liebe nicht mehr beantwortet wird, erst recht das Leiden an der Abwesenheit der Zeichen einsetzt: »Der Zeichenfresser sprach die Mauerschau. / Und die Bäume sind kahl geworden, /

eine nutzlose Wahrnehmung: / noch dein Name im Ohr.« Und in der endgültigen Verlassenheit: »Niemand löschte das Zeichen von ihr. / Auch das Zeichen hatte sie mitgenommen.«

Dieser Angst im Ausnahmezustand der Liebe entspricht weiter die Reiselust, ein Wegfahrzwang: als vertrügen sich das Ereignis Liebe und der angestammte Wohnort nicht: » . . . im Fluchtkleid, / ein Sandkorn, / ein Körnchen für Rom, für Venedig, Paris.«

In seiner idealen Liebeserzählung (ideal, weil ohne den Erdenrest einer Individual-Story) gelangt Kolleritsch danach an jenen mythologischen Ort, wo der Sprechende sich und die Geliebte als Personen einer ewigen Handlung, als »ewige Dritte« sieht, als »er und sie«, und es wird deutlich, daß dies keine Distanznahme im Schreiben erst ist, sondern eine natürliche Station im Verlauf einer solchen Weltfahrt: was zuvor, episodisch, schon »wir beide« hieß, wenn auch »mit Schlinggewächsen ins Fremde«, zerfällt zwischenzeitlich in zwei ganz fremde Personen: »Sie nahm ihn als abgetrocknete Haut von den Lippen / und soll gesagt haben, / ›das ist die Erinnerung‹.«

Eine Station weiter zeigen die Gedichte wohl wieder die Ansprache-Gebärde – aber die geschieht tatsächlich schon in der Erinnerung (in der freilich noch »deine Gegenwart siedet«): der Liebende und Verlassene sieht sich als jemanden, der *einst* zur Geliebten gesprochen hat: »Er sagte, /käme die Sonne, / ich würde nicht umschauen, / ich ginge dir nach.«

»Später« – so die nächste Station – »blieb die Erinnerung aus, / Mückenschwärme zeigten an, / wo sie war . . . / sie lachte über den Abbruch der Mauerschau.« Der

Verlassene, nach dem ersten Jammer (»dem Feuergefühl hinter den Rippen«), beklagt sich jedoch nicht, sondern besinnt sich: nicht trist und rhetorisch allein wie am Anfang, sondern in einer stolzen Trauer alleingeblieben, erscheint er von der Verlassenheit wie erleuchtet. Er besinnt sich auf seine Herkunft, seine Landschaft, seine Vorfahren, wird »Sohn« und »Enkel« von Heroen, deren Leben – und mit diesem das eigene – nun, nach dem Verlust, ohne Anstrengung in ihm auferstehen kann: es materialisiert sich hier in der Sprache das »Gegenfest«, vergleichbar dem, das der Vater, das Jahr über ein Fürstendiener, am Ende des Jahres, in der Silvesternacht gegen die Herrschaft hielt. Die Gegenwart bedeutet zwar »Ungenießbarkeit« (»Ich wollte kochen, / aber ich konnte nicht kochen ... / den Wein trank ich mit. / Ich merkte, daß ich kalt war, / verschluckt von den Beispielen vergangener Tage«), doch aus der Vision der anders unseligen Generationen vor ihm gewinnt der Verlassene, »den Kreisgang hinter der eigenen Haut« übend, eine neue epische Sprache, und damit die Würde eines, der eine Geschichte hat.

Die letzte Station ist eine stolze Apotheose des poetischen Redens, welches dem Helden – so darf man ihn jetzt nennen – im Verlauf seines Abenteuers gelungen ist. Er hat die Geduld gewonnen, »durch alles hindurch alles beim Namen zu nennen«: die Fähigkeit zum Epischen auch, als Zukunftsversprechen.

Seine Sprache strahlt nun von der »kühnen Macht, Abschied zu nehmen«, ohne die Metaphorik des Anfangs, ohne dessen Zitierzwang (»Dein Gesicht verbot das Zitieren«): »Vielleicht war die Luft leichter. /

Dieser Abschied, sagtest du, ›ist die Begrüßung für immer ...‹« Und triumphierend steht es dann da: »eine Lust zu natürlichen Zeichen / tritt die Metapher ins Erdreich, / es ist die Hoffnung, / alles anders zu sehen: / die Welt wie eine gemeinsame Arbeit, / in der die Gefühle verteilt sind, / auch die Beobachtung, daß es weitergeht.« – Das Ich des Ausklangs schließlich, weil etwas durch eine Passion Gewonnenes, kann seine Feinde mit einer erhabenen Geste abwehren: »Es soll leiser werden um uns, / sagst du / andre sagen, / es sei eine Schande: ich zu sagen, / laut wie der geschwängerte Wagner.« Und zu guter Letzt, als gewaltig sanfte Nachschrift: »Etwas Warmes, fast Heißes / taucht auf, / die Liebe dazu, / daß man es so gesagt hat.«

Lieber Alfred Kolleritsch, Du, in Deinem Beruf und dem täglichen Leben so vorsichtig wie listig, hast es, in der überraschenden, und schließlich überwältigenden Ganzheit eines Gefühls, welches durch das Buch hin triumphiert, auch in der Klage, geschafft, mit den guten alten Wörtern kühn und lieblich umzugehen, als kompetenter Sprecher, wie Dein Chomsky das nennt, oder als »einer, der gewaltige Dinge weiß«, wie es in der Odyssee klingt. Zwar meldest Du Dich dazwischen noch als mißtrauischer Zeitgenosse: »Das Gefühl lauert. / Es macht sich in Deinem Fortgang breit, / ein bedenklicher Anlaß zu schreiben« – doch gerade dieses Mißtrauen stiftet mit die Authentizität Deines Werks. Ja: Deine Verse setzen, gegen die Zeitgenossen, gegen Dich selber, den Ernst eines Werks, welches uns, die wir diesen Preis zu vergeben hatten, zuerst verstummen ließ; dann still begeisterte, dann ziemlich laut glücklich machte: Es war die Bescherung einer unverhofft lebendigen Zeit,

ähnlich der Momente damals, als wir, bei der Lektüre der Gedichte Ernst Meisters, »es plötzlich wußten«.
Der Sinn des Petrarca-Preises, vor einem Jahr fast vergessen in der Überfrequenz eines bloß mondänen, nicht einmal neugierigen Dabeiseins und der Demagogie eines verelendeten Journalismus, ist mit diesen Gedichten wieder selbstverständlich da. Das Bedeutende an Deiner Poesie ist, daß sie, alle Schutzsysteme wegdenkend und wegsprechend, mich zwingend fragt: Wer bist Du, der das liest? Und: Wie konntest Du Dich vergessen? (Das ist ihre, so erwachsene wie kindliche Philosophie . . .) – Und gibst mir dann höchst selbst diese erlösende Antwort: »Feldein kommen Namen für dich. / Wunderbar schwer zu überzeugen, / stehle ich mich zu Sätzen zusammen, / in ihnen öffnest du deine Augen.«
Das ist es: Auch der Lesende wird das Geliebte dieser Gedichte.
Mein lieber Freund (so fangen sonst allzuoft Drohungen an), sei bedankt für die durch Deine sprechenden Dinge lebendig gewordene Zeit. Den andern empfehle ich, einen Tag mit der »Einübung ins Vermeidbare« zu verbringen. Denn: »Die Freunde sind Ritter, / die Rüstungen glitzern, / auf einmal rasseln die Brücken herab.«

(1978)

Tageslauf in einem Sommergarten

Am Nachmittag fielen ein paar Blätter
von den Akazien
Und am Abend schwankte die Lampe
im leeren Eßzimmer

Abschied in der Basilika

Entschwebendes Gesicht – bunte Grimasse!
Im Augenblicksbild warst du für immer verloren
und deutetest mit Wirbeln statt Wangen
und Schlitzen statt Augen
die Maske an
Doch der steinerne Boden zu meinen Füßen,
die liegenden Steine bringen dich wieder näher
Mich in sie vertiefend
beschwere ich uns mit ihnen

Schöne Last unserer Köpfe
Nie wieder will ich Masken sehen

Zu Klaus Hoffer: »Halbwegs. Bei den Bieresch 1«

Die Handlung des Buches »Halbwegs« spielt in der Gegenwart, freilich ohne die täglichen Aktualitäten; die jüngste Historie wird nur aufgezählt: in »Narben«, oder in Gegenständen wie »Wehrmachtspistolen«. Der Ort der Handlung ist der Osten eines »Reiches«, ein flacher und öder Landstrich mit kontinentalem Klima: »Das viele Festland hier! Es ist eine Krankheit. Man hält in all dieser Tageshitze und Nachtkälte die Sinnlosigkeit nicht aus.« Immerhin fließen in dieser Ödnis Bäche; trotz der anfangs beklagten Unwegsamkeit wird dann stets auf (wenn auch holprigen) Wegen gegangen; und es wächst auch »ein wenig Wein«, im Süden sogar Bambus.

Der Held ist der Erzähler, ein junger Bursche namens Hans (er wird später umgetauft werden), der vor dem die Geschichte auslösenden Ereignis mit seiner Mutter und den Geschwistern in einer unbenannten Großstadt, »draußen«, gelebt hat. Das Ereignis ist der jähe Tod des Onkels, eines Landbriefträgers: »Ein Brauch ... hieß den ältesten, am nächsten stehenden männlichen Angehörigen für die Dauer eines Jahres in die Kleider des Verstorbenen schlüpfen ...«

Hans wird von der Mutter im Autobus nach »Wien« gebracht, erbricht sich auf der Fahrt in den Schoß der Frau und wird dann allein in den Zug nach Osten gesetzt.

Die Welt der »Bieresch« in dem Dorfe »Zick«, wo er ankommt, erscheint handfest. Alles und jeder hat einen Namen, oft auch mehrere, die freilich zusammen selten einen Reim ergeben. Von einem Traum hat »Halbwegs« also einzig eine episodische Ungereimtheit, die jedoch nur beiläufig, ohne sich jeweils vorzuzeigen, in die Geschichte hineinspielt, solcherart eine leicht fertige Alptraum-Literatur vermeidend.

Der Dorfbahnhof, scheinbar eine bloß für Hans zusammengeschobene Baracke, erweitert sich mit dem Eintritt des Helden zu einem ansehnlichen, geräumigen Gebäude, mit einem »Milchglasvordach« und sogar einer »kleinen Loge«; und Vergleichbares geschieht dann mit der flachen Landschaft, durch die Hans mit seiner Tante (sie hat ihn vom Zug abgeholt) auf einer »hellen, breiten Straße« auf das Stunden entfernte Dorf zugeht: Der Weg dahin neigt sich erst leicht und wird dann »stark abschüssig«; vor den Gehenden streckt sich die Landschaft endlos bis zum Horizont, aber im Umdrehen erblickt der Erzähler hinter sich einen steilen Bergrücken. (Und auch im weiteren Verlauf wird die Ebene oft gebirgig, und es ist viel von »oben« und »unten« die Rede.)

Es begibt sich jedoch weiter nichts Unerhörtes, jedenfalls nichts vorschnell Unheimliches: Hans wird in die Dorfgemeinschaft eingeführt, durch lehrhafte Diskurse verschiedener Ureinwohner, die zugleich die Stationen seiner Geschichte bilden. War zu Beginn noch von einer »barbarischen Bevölkerung« die Rede, so zeigt sich nun, daß die Bieresch zwar schäbig hausen, viel trinken und einander nur Schlechtes nachsagen, aber eine menschheitsalte, zuweilen auch den Ausübenden selber unverständliche Gesprächskultur pflegen. Das heißt, sie parlieren nicht genügsam vor sich hin, sondern sind redend stetig auf etwas aus, auf alles: auf die Erlösung –

die für sie bedeutet, daß jeder seiner Wege gehen kann.

»Zumindest ein einziges Mal in unserer langen Geschichte hätte es gelingen müssen, das Puzzle zu legen! ... und wir würden nicht mehr, Abend für Abend, auf diesen häßlichen, harten, unbequemen Gasthausstühlen herumhocken und rätseln.« – Die Bieresch sind eine vorchristliche Gemeinschaft, auch in ihrem Glauben an die »Schuld des Opfers«.

Aber die Geschichte krümmt sich an keiner Stelle zur Parabel. Sie zweigt jeweils rechtzeitig ab in ein unzugehöriges Bild oder einfach in blödelndes Kauderwelsch. Es stellt sich auch heraus, daß Hans kein »Fremder« in dem Dorf ist, sondern als Kind da die Ferien verbrachte, von denen ihm die üblichen Landerinnerungen eines Städters geblieben sind, welche immer wieder als ironisch-naive Malereien die sophistische Suada der Dorfredner durchkreuzen.

Damit ist nicht gesagt, daß das Volk der Bieresch eigentlich nur ein Spiegelgespräch führt: Es wird Hans so lange erzählt, geklagt und berichtet, bis er zum Teilnehmer der Stammes-Geschichte geworden ist; er ist nicht deren »Opfer«, wie die Anlage noch vermuten ließ, sondern ihr »Leser«.

Die uralte Bieresch-Welt gestattet dem Leser freilich nicht, sie zu überfliegen: sie verlangt (und ermöglicht zugleich) das Lesen als Arbeit. Das sinnliche Bild für die bedächtig-schöne Pflichtlektüre, auf die Hans (und mit ihm sein Doppelgänger, der Leser seiner Abenteuer) sich einläßt, ist von Anfang an jenes in der Flachlandschaft einzig vorkommende Gefährt, die schwere hölzerne »Scheibtruhe«, mit der die Tante den Neffen von der Eisenbahn

abholt und in der sie sich dann auch von diesem, ihm dabei den Einführungsvortrag in die Dorfweisheit haltend, den langen Weg nach Hause kutschieren läßt.
Es gehört zu dem Symbolspiel von »Halbwegs«, daß der Ankömmling das ungefüge Ding zunächst an einem Bach stehen läßt, ihm in seiner Ungeschicklichkeit gar die Handgriffe abbricht (und dergleichen mehr) – am folgenden Morgen aber mit der Truhe die Post ausführt und sich von da an nur noch mit ihr durch die Gegend bewegt: einen toten Hund zum »Wasenmeister« karrt und am Ende einen anderen, lebendigen Hund heimwärts schiebt.
Die Scheibtruhe gibt zugleich das Erzähltempo an; Hans soll, wie gesagt, ein Jahr bei den Bieresch bleiben – aber als die Geschichte »halbwegs« erzählt ist (»Wird fortgesetzt« heißt die letzte Anmerkung), ist seit seiner Ankunft gerade ein einziger Tag vergangen.
Und doch hat er in dieser kurzen Zeit neben der Tante im Bett gelegen, Freundschaft geschlossen mit dem traurigen Mesner des Dorfes – ein Kirchengebäude kommt dabei nie vor –, ist von einem billardspielenden Gemischtwarenhändler namens »Inga« oder »Und Umgekehrt« vor dem Spieltisch über den »Abgrund der Fläche« belehrt worden (die »Schlüsselszene« der Geschichte) und erhält zur vorläufigen Auskehr denselben vielnamigen Mann als seinen »Vater« vorgestellt.
Ja, Hans, der lesende Held (und mit ihm der Mitleser), befindet sich in einem zeitlichen und räumlichen Labyrinth. Dieses ist aber – und das macht die Erzählung erst »lesenswert« – kein beschränktes, fatalistisches Schicksalsgefängnis, sondern ein weltweiter, luftiger, zuweilen sogar fröhlicher Jahrmarkt der tief- und auch blödsin-

nigsten menschlichen Ideen. Jene, ohne Atempause vorgetragen von den tapfer formulierenden (oder auch nur besoffen plappernden) »Biereschek«, widersprechen einander, heben einander auf, lenken oft auch ab in das bloße »Gerede« – und führen so zwar ständig im Kreis, doch niemals zu »nichts« und zur Hoffnungs- und Sprachlosigkeit.

Jeder Bieresch für sich ist ein zänkischer, besserwisserischer Philosoph, aber insgesamt bilden sie alle ein unverdrossen lebenswilliges Gottesvolk, bei dem auch dem zwangsanwesenden Burschen Hans (schon an seinem ersten Tag!) jener Glücksmoment möglich wird, da er die Einwohner »mit fliegenden Haaren auf den schmalen Bänken vor ihren Hütten« sitzen sieht, »die sich wie Schiffskiele in den blauen Himmel darüber bohrten«, und überhaupt das Gefühl hat, »als wären allen Dingen mit einem Male Haare gewachsen, durch die ich mit meinen Fingern fahren wollte«: diese Haare werden noch oft durch seine Geschichte wehen.

Gewiß: er behauptet noch bei Gelegenheit, die Dorfbewohner »zu hassen«; doch seinem Mitleser ist das Geschwätz der Kunstfiguren-Sippschaft schon bald lieb geworden, und er hat das Volk der Bieresch als seinesgleichen ins Herz geschlossen. Ist der Eifer, mit dem sie füreinander (und auch für den Neuankömmling) unter Stottern und Stammeln fortwährend »sprechende Namen« suchen, nicht ein Ausdruck von Zuneigung?

»Halbwegs« ist mit vielen Zitaten erzählt; die Quellen sind auf der letzten Buchseite angeführt. Von allen da erwähnten Autoren ist Jorge Luis Borges jedoch der einzige, mit dem Klaus Hoffer in einen Vergleich paßt: wie der argentinische Meister spielt der nicht halb so

alte österreichische Geselle die Völkermythen gegeneinander aus und schwindelt andere (persönliche und frei erfundene) dazwischen, um so den menschlichen Erdenwandel darzustellen.
Hoffer versucht, nach mitteleuropäischer Manier, finsterer zu sein (was ihm zum Glück der Geschichte nicht recht gelingt); ist in den Details oft auch plumper als Borges; aber wie dieser erreicht er es, dem mit mannigfaltigen Lehrbildern von Gott und der Welt freundlich traktierten Leser die Todesverfallenheit auszureden, mit nicht zu kurzer Nachwirkung. Nichts mehr erscheint dann unmöglich, auch nicht die ewige Seligkeit. – Und so gehört es sich für die Poesie, seit Beginn der Zeiten.

Zu Franz Kafka

1

Es gab eine Zeit, da las ich die Tagebücher von Kafka, seine Briefe, und auch das, was seine Freunde über ihn geschrieben hatten, nur aus dem Grund noch einmal durch, weil ich herausfinden wollte, ob er vielleicht Pikkel gehabt hätte. Aber die Beschreibungen seiner Freunde, die Schreibgesten seiner Briefe zeigten das Gesicht eines Menschen ohne Beschädigung, ganz denen zugeneigt, an die er sich wendete.
Kafka sei schön gewesen, schrieb Max Brod, eine hohe Gestalt, ein braunes Gesicht. Trotzdem stelle ich mir immer vor, Kafka hätte als Heranwachsender Akne gehabt, schmerzhafte, eiternde Schwellungen im Gesicht und am Hals, so daß er sich schlecht rasieren konnte. Furunkeln, Berührungsangst. Er fuhr einmal sogar aus dem Ausland nach Hause zurück, weil er ein Furunkel am Nacken hatte – das ist eine Tatsache. Das Ausland und die Furunkeln. Nur nicht die Tatsachen verhimmeln! Denn in der unhimmlischen Wirklichkeit war Kafka schön.
Einmal wollte ich eine Geschichte schreiben, in der jemand, dadurch daß er Akne bekam, alles mit anderen Augen anzuschauen begann. Diese Geschichte sollte »AKNE« heißen. Das war vor langer Zeit, als meine Welt die Welt Kafkas war und mein Held Dr. Franz Kafka. »Alle Angeklagten sind schön.«
Wie habe ich mich in der Scham Kafkas wiedergefunden – nein, nicht wiedergefunden, sondern überhaupt erst

einmal entdeckt ... und dann immer wiederentdeckt. Und wie zaghaft, wie ängstlich erscheint mir diese Scham heute – wie hochmütig.

Vielleicht habe ich deswegen oft in den Belegen geschnüffelt, wie ein Privatdetektiv, ob Kafka nicht vielleicht doch mit Frauen geschlafen hat. Die Geilheit in seinen Geschichten ist ein bißchen die Geilheit des Traums, animalisch einerseits zwischen Bierpfützen unter einem Wirtshaustisch, andrerseits doch geknebelt durch die Angst, nur ja nicht das saubere Leinentuch zu beschmutzen, das die Mutter dann zu Gesicht bekommt ... Ein bißchen war es ja auch die Welt eines Heranwachsenden, die Kafka beschrieb, und, was die Sexualität betraf, eine heranwachsende Welt.

Und seine Heiterkeit ist nie eine Heiterkeit für sich, sondern immer das physikalische Ergebnis eines langen Schmerzes – als ob die Todesschwerkraft so stark würde, daß sie sich umkehrte in eine himmlische Schwerelosigkeit. Diese Heiterkeit (andere sagen: Kafkas »Humor«) nur als Ergebnis eines Schmerzes ist mir fremd geworden, ja abstoßend – und doch, wenn ich an den letzten Satz aus »Der Prozeß« denke: »Es war, als sollte die Scham ihn überleben«, kommt mir vor, als ob das nicht nur ein Satz wäre, sondern eine HANDLUNG, gewaltiger als alle Handlungen, von denen ich bis jetzt gehört habe.

Wenn ich an Kafka denke und ihn vor mir sehe, habe ich das Gefühl, ich müßte ihn nur geduldig genug anschauen, vielleicht auch zwischendurch den Kopf senken, um ihn nicht zu sehr zu verletzen – und er würde nach und nach aufhören, das bloße Bild eines *Opfers* zu sein, und etwas ganz anderes werden, und davon erzählen, aber mit derselben Gewissenhaftigkeit wie vorher.

(1974)

2

Rede zur Verleihung des Franz-Kafka-Preises

Franz Kafka ist mir, Zeit meines Schreiblebens, Satz für Satz, der Maßgebende gewesen; aber bei allem Willen, zu ihm hier etwas zu sagen, gelingt es mir nicht, die berühmte Schriftsteller-Person vorsätzlich-geordnet herbeizudenken – während doch im ungewollten, außerordentlichen Phantasieren sein anonymer Umriß immer wieder lebendig wird, als Zimmermaler, der nebenan die Wände streicht, als Kranführer in einer gelben Kabine, als am Wegrand sitzender Schüler. Ja, Kafka hat mit Hilfe seiner liebevollen Sprache diese Namenlosen wahrnehmbar gemacht und bewegt sich nun wie für alle Zukunft aufmerksamkeitsfördernd mit ihnen mit: wie in unserem Jahrhundert sonst nur Charlie Chaplin ist der so besondere Künstler Franz Kafka seine Eigengestalt mit der Zeit losgeworden und wirkt immer mehr als die Menschheitsfigur Franz K., die jedem einzelnen in den scheinbar zerstreut umherirrenden Massen erst die ihn fühl- und denkbar sein lassende Gestalt gibt.
Dieser Dichter ist unser großer Lehrer, der aber, im Unterschied zu den meisten anderen Menschheitslehrern, etwa den Religionsstiftern und den Philosophen, schon jetzt, wenig mehr als fünfzig Jahre nach seinem Tod, dabei ist, mit seiner Person ganz in seiner friedlichen Lehre aufzugehen: in seiner Kunst, die nichts als eigensinniges, gewissenhaftes, pures Erzählen war.
Ich behaupte: Es gibt in den Schriften der Völker seit

Anbeginn keinen zweiten Text, der den Machtlosen besser dabei helfen kann, in Würde und zugleich Empörung einer als Todfeind erfahrenen Weltordnung standzuhalten, als den Schluß des Romans »Der Prozeß«, wo Josef K., der Held, zum Geschlachtetwerden weggezerrt wird, die höhnisch verschleppte Hinrichtung sogar selber vorantreibt und es dann doch, heroisch triumphierend, unterläßt, den zwei Herren, die über ihn hinweg einander das Messer reichen, die Henkershandlung abzunehmen: das steht GESCHRIEBEN – man LESE.

Und hier gehört es sich nun, von mir zu reden; denn gerade an der »Prozeß«-Erzählung ist mir am deutlichsten geworden, wie sich meine Schreib-Versuche von dem Werk Franz Kafkas unterscheiden *müssen:* denn dieses zeigt die Welt als eine bösartige Übermacht, die mit dem sogenannten Lebenslauf jedes einzelnen Katz und Maus spielt, während mir Nachgeborenem die Schöpfung zuweilen doch schon wieder als eine Herausforderung erscheint, die ich vielleicht, vielleicht sogar auf (meine) Dauer, bestehen kann. Deswegen ist die Sprache des entschieden hoffnungslosen Kafka der bilderreiche, detailbestimmte, fabulierende Humor – mein Sprach-Ideal aber (das immer dann aus mir heraus will, wenn in der Wortarbeit eine, natürlich immer nur episodische, Antwort auf die Herausforderung »Schöpfung« möglich wird) die eher bilderleere, von Detail und Fabel befreite Heiterkeit.

Das Wort sei gewagt: Ich bin, mich bemühend um die Formen für meine Wahrheit, auf Schönheit aus – auf die erschütternde Schönheit, auf Erschütterung *durch* Schönheit; ja, auf Klassisches, Universales, das, nach

der Praxis-Lehre der großen Maler, erst in der steten Natur-Betrachtung und -Versenkung Form gewinnt.
Und die Meinung, es gebe doch keine Natur mehr? Sie erscheint mir wie die Behauptung: »Es gibt keine Jahreszeiten mehr.« Die das sagen, scheuen, freiwillig gefangen in ihren Wohn- und Fahrmaschinen, selber Maschinen geworden, vielleicht nur das Freie. Denn hinter all diesen Gaunersprachen breiten sich doch draußen immer noch machtvoll die Äste der Bäume aus. Es *gibt* die Jahreszeiten. Die Natur *ist.* Die Kunst *ist.* Und freilich komme ich Schreibender, in meinem Pflichtbewußtsein, den willigen Lesern, dem »Volk der Leser« (das auch ich so sehr will), von der verborgenen, immer wieder sich verbergenden, der menschenmöglichen, der guten Welt zu erzählen, mir manchmal als eine tragikomische oder auch bloß lächerliche Figur vor – aber die flüchtigen Augenblicke eines ja als Gesetz erfahrenen ANDEREN Lebens zu einem sanft nachdrücklichen Seins-Entwurf ineinanderzuphantasieren, das allein ist es, was mir inzwischen als nothelferische, als die notwendige, Literatur vorschwebt.
Und hier ist nicht mehr zu verschweigen, daß das Werk Franz Kafkas, sooft meine sehr fragile positive Phantasie versagt, in der tiefen Sprachlosigkeit mir als der schadenfrohe, rechthaberische Widersacher entgegentritt: Gar nicht lange ist es etwa her, daß, als die Hoffnung auf solch erfinderische Sprache und die Kraft zum Sprach-Akt, mir jäh, wie für immer, verschwanden, dazu der wörtliche Gedanke sich einstellte: »Kafkas Rache!« Zum andern aber weiß ich, daß der verehrte Dichter, wäre er als Person noch am Leben, mich in meiner Anmaßung, wenn nicht bestärken, so doch ernst neh-

men würde (was ja Bestärkung genug wäre): wollte doch auch er sein »Naturtheater von Oklahoma« als Erlösungsspiel entwerfen.
So möchte ich mich gern ermutigen lassen von dem nach dem Meister benannten Preis, für den ich hier herzlich danke – ein »Volk von Lesern« bedeutet mir freilich mehr. Das viele Geld sei, als Hinweis auf zwei Autoren, an diese weitergegeben, an den Schweizer Gerhard Meier, von dem gerade der Roman »Die Toteninsel« erschienen ist, und an den jungen Österreicher Franz Weinzettl – beide, so sehe ich es jedenfalls, in meinen Augen weniger »Schriftsteller« als »Schrift-Suchende«, denen auch ich mich zugezählt wissen will, wobei ich glaube, auch für den Bruder Franz Kafka zu sprechen. Denn ohne die tägliche Schrift, fern von der Schrift, müssen wir Lesebedürftigen unglücklich werden. Bestärken wir einander, Schreiber und Leser, die Leser durch Erwartung und Vertrauen, die Schreiber durch Erhebung und Zuneigung.

(1979)

Österreichisches Gedicht 1979/80

1
Im Gedicht kommen zwei sonst getrennte Dinge
zusammen
Ein Gedicht ist eine Verkündung
2
Jetzt!
Und das Morgenlicht im Holunderbusch
3
Der Akazienzweig in den Herbsthimmel gewirbelt
als Friedenszweig
4
Gestern im Zug der Roman »Plötzlich wie ein Fremder«
Heute auf dem Schneefeld ein fernes Sausen
das plötzlich auch in der Nähe war
5
Es ist manchmal schwer einen Schneemann anzuschauen
Aber dafür geht ein Kind mit kräftigen Schritten
eine Treppe hinauf
6
Am Vormittag in der Parfumwolke eines
Landgendarmen
Am Nachmittag der Humor eines leuchtenden
Kuhfladen
7
Das Pfeifen eines Zuges weit draußen in der Ebene
schließt am Abend das tagesoffene Innere
8
Die Sonne macht untergehend eine Bergkante sichtbar
und hinter den Lärchen erscheint der Mond:

Eins gibt das andre
und man freut sich
9
Eins gibt das andre
und man freut sich:
und die Freude gibt wieder ein andres
10
Das weiße Gesicht einer Meise
als Flocke in der Dämmerung
11
Zitronenfalter hier
flatternd gelbes Büchlein
vom blauen Hemd dort
12
Hinter der Stadt Magnolia am Yukon in Alaska
rollte der Mond als Schaufelrad
13
Am Morgen noch sanftes Übersehen
der Hakenkreuze
Am Abend
der Augenblick der Philosophie
14
»Unter Gut verstehe ich hier jede Art von Freude
und ferner alles, was zur Freude hinführt«
15
»Unter Wirklichkeit und Vollkommenheit
verstehe ich ein und dasselbe«
16
Ich denke begeistert
doch ermangelnd der Liebe
und möchte ein Gedicht für dich schreiben

Ein Gruß an Ludwig Hohl

Ludwig Hohl: Wie die Verehrung weitergeben, ohne sie zu verraten? Denn die Verehrung ist etwas Kostbares. Sie ist ein Bedürfnis. Doch es ist auch ein Bedürfnis, sie weiterzugeben. Mißglückt das, so ereignet sich ein Verrat, der verantwortungslos ist gegenüber dem Verehrten.
Zunächst einmal: kurz sein.
Nein, Ludwig Hohl ist kein misanthropischer Einzelgänger oder Eigenbrötler »in einem Kellerloch« (das stimmt alles nicht), sondern ein heiterer, auch verschmitzter Geist auf einer hohen, hellen Etage, der für uns zuständig ist; dem ich hier und da widerspreche, aber dem ich aufs Wort glauben kann; und der mich, seinen Leser, in dem tonlosen Gescharre, das (wohl seit jeher) als Literatur umläuft, als Geist und als Stimme erschüttert hat. – Denn nichts ist erschütternder als einer, der zum Geist durchgedrungen ist, ihn in der Arbeit *hervorkehrt* und als Form an uns *weitergibt.*
Indem ich das sage, wende ich mich nicht an die hier versammelte Gesellschaft (denn ich weiß nicht, an wen ich mich da wende, und habe auch keiner Versammlung etwas zu sagen), sondern an den Schriftsteller Ludwig Hohl, der sicher keine Rede zu seiner Arbeit will – aber es doch vielleicht braucht und jedenfalls einen Anspruch darauf hat, daß ihm, der lebenslang »seinem Freund, dem Menschen, einen Brief« geschrieben hat, der erwartete »Leser im ernstesten Sinn« – d. h., so wie ich das verstanden habe: der *vom Lesen zum Ernst Befreite* – sein Zeichen gibt.

Der Petrarca-Preis ist ein Zeichen der Dankbarkeit für einen, den Nicolas Born »das erstaunliche Beispiel eines Schriftstellerlebens« genannt hat, einen »Zuchtmeister der Selbstverwirklichung«, der uns zeige, »wie viele Dinge es immer noch gibt, wie viele Gestalten und Verwandlungen, und wie oft ein bewußter aufmerksamer Körper noch auf Widerstand trifft, wenn andere schon im Leeren gehen«; der einem beibringe, sich zu »beweisen«, seinen »genauesten Ausdruck zu finden ..., und im genauesten Sinne Eindruck zu machen auf die Welt«. Nicolas Born ist zu glauben: Ludwig Hohls Werk, wie heutzutage kaum noch eines, läßt sich, ohne Voraussetzung oder Übereinkunft, *nehmen* und *lesen.* Es ist so unerhört wie selbstverständlich. Es muß nicht entdeckt, empfohlen oder durch Interpretieren nahegebracht werden, sondern steht frei zur Lektüre, wie eine in die Natur gehörende und diese erst beseelende Menschenschrift. – Und indem es Satz für Satz zur *Freude* hinführt, ist es das, was der Philosoph als das *Gute* versteht.
Der Gruß, der Gedanke, der Gedankengruß, der herzliche Gedanke schwingt sich von hier nach Genf, in die *rue David Dufour*; zu dem Café an der Ecke der Straße, zu der nahen Mündung des Flusses *Arve* in die *Rhône* (wovon die ganze Gegend den Namen *Jonction* hat), und *nebenhinaus* – nach Ludwig Hohl »die Richtung des Geistes« – zu dem Bild van Ruisdaels im Musée des Beaux Arts, wo vor *Egmond an der See* die kleinen biblischen Gestalten nachts gegen den Sturm durch die holländischen Dünen wandern: zu dem »schweigenden Leben der regelmäßigen Formen in der Stille«, und zu dem strengen und kompetenten Geist in der Mitte.

Nachweise

Métro Balard-Charenton: Zum erstenmal erschienen in dem Zyklus »La nuit« des belgischen Malers André Goëzu 1974.

Der Maler Peter Pongratz: Zuerst veröffentlicht in »Protokolle« im Jahre 1967.

Peter Pongratz und Walter Pichler ist zuerst im Almanach des Residenz-Verlags auf das Jahr 1974 erschienen.

Österreich und die Schriftsteller (am Beispiel Franz Nabls) ist zuerst gedruckt im Almanach des Residenz-Verlages auf das Jahr 1974.

Franz Nabls Größe und Kleinlichkeit erschien als Vorwort zu dem von Peter Handke herausgegebenen Erzählungsband von Franz Nabl »Charakter«.

Die privaten Weltkriege der Patricia Highsmith wurde zuerst in »Der Spiegel« vom 13. 1. 1975 gedruckt.

Karin Struck: »Die Mutter« erschien erstmals in »Der Spiegel« vom 17. 3. 1975.

Persönliche Bemerkungen zum Jubiläum der Republik ist der Text einer Rede, die vom österreichischen Fernsehen am 15. Mai 1975 zum 20. Jahrestag des österreichischen Staatsvertrags ausgestrahlt wurde.

Gelegenheitsgedicht wurde zuerst publiziert in »Manuskripte« Heft 58, 1977.

Der Krieg ist nicht vorbei. Hermann Lenz: »Neue Zeit« wurde zum erstenmal veröffentlicht in »Die Zeit« vom 30. 5. 1975.

Hermann Lenz, freier Schriftsteller ist die Einführung zu einer Lesung von H. Lenz vor der Bayrischen Akademie der Künste im Februar 1976.

Das Öl des Weltmeisters veröffentlichte »Der Spiegel« am 11. 8. 1975.
Drohgedicht wurde zuerst veröffentlicht unter dem Titel *Der Volkssportler* in dem von Peter Weiermair im Jahre 1975 herausgegebenen Band »Winterspiele«.
»Mr. Curtiz lebt nicht mehr hier« wurde zuerst veröffentlicht in »Der Spiegel« vom 22. 10. 1975.
Die Laternen auf der Place Vendôme wurde 1976 geschrieben und erschien zuerst in »Manuskripte«.
Das Ende des Flanierens wurde zuerst gedruckt in »Die Zeit« vom 5. 3. 1976.
Der Maler Jean-Paul Chambas wurde 1976 für den Katalog einer Ausstellung geschrieben.
Zu Herbert Achternbusch erschien in »Die Zeit« vom 24. 6. 1977.
Gelegenheitsgedicht wurde zuerst veröffentlicht in »Manuskripte«, Heft 58, 1977.
Gegen den tiefen Schlaf. Nicolas Borns Roman »Die erdabgewandte Seite der Geschichte« erschien zum erstenmal in »Die Zeit« vom 8. 10. 1976.
Die Verlassenheit wurde zuerst veröffentlicht ohne Titel in »Manuskripte«, Heft 58, 1977.
Wendungen erschien zuerst ohne Titel in »Akzente«, Heft 3, Juni 1978.
Im Jenseits der Sinne. Ein Versuch über Christian Wagner erschien zuerst in »Die Zeit« vom 6. 1. 1978.
Zu Alfred Kolleritsch wurde zuerst veröffentlicht im Almanach des Residenz-Verlages auf das Jahr 1972.
Der tiefe Atem. (Rede zur Petrarca-Preis-Verleihung über den Gedichtband »Einübung in das Vermeidbare«) erschien zuerst 1978 in »Kleine Zeitung« in Graz.

Tageslauf in einem Sommergarten wurde zuerst veröffentlicht in »Manuskripte«, Heft 58, 1977.
Abschied in der Basilika wurde geschrieben im Sommer 1978 in Venedig.
Zu Klaus Hoffer: »Halbwegs. Bei den Bieresch 1« erschien zum erstenmal in »Der Spiegel« vom 25. 6. 1979.
Zu Franz Kafka wurde zuerst veröffentlicht in »Frankfurter Allgemeine Zeitung« vom 1. 6. 74.
Rede zur Verleihung des Franz-Kafka-Preises erschien zuerst in »Die Presse« am 12. 10. 1979.
Österreichisches Gedicht 1979/80 wurde zuerst gedruckt in »Die Presse« vom 19. 4. 1980.
Ein Gruß an Ludwig Hohl ist die Rede anläßlich der Verleihung des Petrarca-Preises an Ludwig Hohl im Mai 1980 in Florenz.

Einige Texte sind gegenüber dem Erstdruck leicht geändert.

Inhalt

Zeittafel

1942 in Griffen/Kärnten geboren.
1944–1948 lebt er in Berlin. Dann Volksschule in Griffen.
1954–1959 als Internatsschüler Besuch des humanistischen Gymnasiums. Die letzten drei Jahre in Klagenfurt.
1961–1965 Studium der Rechtswissenschaften in Graz.
1963–1964 *Die Hornissen* (Graz, Krk/Jugoslawien, Kärnten).
1964–1965 *Sprechstücke* (Graz). Umzug nach Düsseldorf.
1963–1966 *Begrüßung des Aufsichtsrats* (Graz, Düsseldorf).
1965–1966 *Der Hausierer* (Graz, Düsseldorf).
1967 *Kaspar* (Düsseldorf).
1968 *Das Mündel will Vormund sein* (Düsseldorf).
1965–1968 *Die Innenwelt der Außenwelt der Innenwelt* (Graz, Düsseldorf). Umzug nach Berlin.
1969 *Die Angst des Tormanns beim Elfmeter* (Berlin).
Quodlibet (Berlin, Basel).
Umzug nach Paris.
1968–1970 *Hörspiele* (Düsseldorf, Berlin, Paris).
1970 *Chronik der laufenden Ereignisse* (Paris).
Der Ritt über den Bodensee (Paris).
1971 *Der kurze Brief zum langen Abschied* (Köln).
Umzug nach Kronberg.
1972 *Wunschloses Unglück* (Kronberg).
1973 *Die Unvernünftigen sterben aus* (Kronberg).
Umzug nach Paris.
Falsche Bewegung (Venedig).
1972–1974 *Als das Wünschen noch geholfen hat* (Kronberg, Paris).
1974 *Die Stunde der wahren Empfindung* (Paris).
1976 *Die linkshändige Frau.* Erzählung (Paris).
1975–1977 *Das Gewicht der Welt. Journal* (Paris).
1978–1979 *Langsame Heimkehr.* Erzählung (Amerika und Europa).
1979 Umzug nach Österreich.
Der Kafka-Preis wird erstmals verliehen an Peter Handke.
1980 *Die Lehre der Sainte-Victoire* (Salzburg).
Das Ende des Flanierens.
1981 *Kindergeschichte* (Salzburg).
Über die Dörfer. Dramatisches Gedicht (Salzburg).

Von Peter Handke
erschienen im Suhrkamp Verlag

Die Hornissen. *Roman*
1966. 278 Seiten. Leinen
Der Hausierer. *Roman*
1967. 204 Seiten. Engl. Broschur
Prosa, Gedichte, Theaterstücke, Hörspiel, Aufsätze
(Bücher der Neunzehn) 1969. 352 Seiten. Leinen
Die Angst des Tormanns beim Elfmeter. *Erzählung*
1970. 128 Seiten. Engl. Broschur
Der kurze Brief zum langen Abschied. *Roman*
1972. 195 Seiten. Engl. Broschur
Die Stunde der wahren Empfindung
1975. 168 Seiten. Leinen
Die linkshändige Frau. *Erzählung*
1976. 136 Seiten. Broschur
Langsame Heimkehr. *Erzählung*
1979. 208 Seiten. Leinen
Die Lehre der Sainte-Victoire
1980. 141 Seiten. Engl. Broschur
Kindergeschichte
1981. 140 Seiten. Engl. Broschur
Über die Dörfer. *Dramatisches Gedicht*
1981. 112 Seiten. Engl. Broschur

Bibliothek Suhrkamp
Die Angst des Tormanns beim Elfmeter
Band 612

edition suhrkamp
Publikumsbeschimpfung und andere Sprechstücke
edition suhrkamp 177
Die Innenwelt der Außenwelt der Innenwelt
edition suhrkamp 307
Kaspar. *Stück*
edition suhrkamp 322
Wind und Meer. *Hörspiele*
edition suhrkamp 431

Der Ritt über den Bodensee. *Stück*
edition suhrkamp 509

suhrkamp taschenbücher
Chronik der laufenden Ereignisse. *Filmbuch*
suhrkamp taschenbuch 3
Die Angst des Tormanns beim Elfmeter. *Erzählung*
suhrkamp taschenbuch 27
Stücke 1
suhrkamp taschenbuch 43
Ich bin ein Bewohner des Elfenbeinturms. *Aufsätze*
suhrkamp taschenbuch 56
Stücke 2
suhrkamp taschenbuch 101
Wunschloses Unglück. *Erzählung*
suhrkamp taschenbuch 146
Die Unvernünftigen sterben aus
suhrkamp taschenbuch 168
Der kurze Brief zum langen Abschied
suhrkamp taschenbuch 172
Als das Wünschen noch geholfen hat
suhrkamp taschenbuch 208
Falsche Bewegung
suhrkamp taschenbuch 258
Die Hornissen. *Roman*
suhrkamp taschenbuch 416
Die Stunde der wahren Empfindung
suhrkamp taschenbuch 452
Das Gewicht der Welt
Ein Journal (November 1975 – März 1977)
suhrkamp taschenbuch 500
Die linkshändige Frau. *Erzählung*
suhrkamp taschenbuch 560
Begrüßung des Aufsichtsrats
suhrkamp taschenbuch 654
Das Ende des Flanierens
suhrkamp taschenbuch 679